Ciencia Ficción y Fantasía - 126

*El Valdemaro: novela gótica*
Primera Edición, abril de 2024


© De esta edición, Libros Mablaz,  2024


Blogs:
Editorial Libros Mablaz
**http://editoriallibrosmablazycienciaficcion.blogspot.com.es/**
Ciencia ficción y fantasía en Libros Mablaz:
**http://mablazlibros.blogspot.com.es/**
Introducción a las obras de Libros Mablaz:
**http://librosmablazextractos.blogspot.com.es/**
Libros Mablaz en Facebook:
**https://www.facebook.com/groups/530547690292189/**
Tu Librería en Casa:
**https://www.facebook.com/TuLibreriaEnCasa**
Librería Crisis–Neogénesis:
**http://www.todocoleccion.net/neog%C3%A9nesis_vendedorT
C**


Diseño de cubiertas: Mari Carmen López

ISBN: 978-84-128261-4-2
Depósito Legal: M-8010-2024

**LIBROS MABLAZ - 353**

# El Valdemaro: novela gótica

Vicente Martínez Colomer

# Introducción: La novela gótica

*El Valdemaro* es obra escrita por un fraile, Vicente Martínez Colomer, en el año 1792, y es una de las primeras obras de narrativa gótica publicada en España.

Pero, ¿qué es una novela gótica? ¿Cuál es su origen? A la primera pregunta se puede contestar que fue, o es, un subgénero literario que surgió en Inglaterra, en la segunda mitad del siglo XVIII, con la publicación en 1764 de *El castillo de Otranto*, de Horace Walpole, que en su segunda edición se subtituló historia gótica. Por definición, este tipo de obras acuden al terror, la muerte y, a veces, a una historia de amor.

El éxito de *El castillo de Otranto* supuso que el nuevo género tuviera una legión de seguidores por lo que empezaron a abundar los escritores que siguieron con su estética, esa forma de narrativa nueva que tanto parecía gustar al público que era una mezcla de la prosopopeya de la emoción con una forma de terror llamado dulce o placentero, que fue claramente uno de los iniciadores del romanticismo.

La lista de prosistas que cultivaron el género, entre los que hubo tantas mujeres como hombres, es muy amplia en Gran Bretaña, de la que se pueden destacar nombres como Clara Reeve —su obra más destacada fue *El viejo barón inglés*, publicada en 1777—, Ann Radcliffe —*Los misterios de Udolfo* (1794), es su obra más conocida—, Mary Shelley —*Frankenstein o el moderno Prometeo* (1818) o *El último hombre* (1826)—, William Thomas Beckford —*Vathek* (1786), su novela gótica más importante—, Matthew Lewis —*El monje* (1796), considerada como una de las mejores obras del romanticismo—, Charles Dickens con su *Cuento de Navidad* (1843), Bram Stoker con la inmortal *Drácula*

(1897); estas dos últimas obras muy tardías de la primera ebullición del género, que según muchos estudiosos terminó con Melmoth el Errabundo (2819), la novela de Charles Maturin.

En España se ha dicho que la ficción gótica no existió apenas, porque parece siempre que en nuestro país nunca ocurre nada, pero lo cierto es que sí hubo literatura de este subgénero, por lo que convendría leer a Miriam López Santo y su estudio *La novela gótica en España, 1788-1833*. Eso sí, muy limitada por la censura, que eso de los espectros y los fenómenos antinaturales no les gustaba nada. Por eso, la práctica totalidad de la literatura gótica en España suele terminar con una moralina y un mensaje redentor.

Algunos de esos autores y sus novelas podrían ser Manuel Benito Aguirre —*El subterráneo habitado o los Letingbergs* (1830)—, Pascual Pérez y Rodríguez —*La torre gótica o el espectro de Limberg* (1831), *El hombre invisible o las ruinas de Munsterhall* (1833) o *La urna sangrienta o el panteón de Scianella* (1834)— y la anónima *Las calaveras o la cueva de Benidoleig* (1832)... además de *El Valdemaro* y otras, la más famosa *Galería fúnebre de espectros y sombras ensangrentadas* (1831) de Agustín Pérez Zaragoza, que en realidad es la traducción de un original francés que, para más inri, es una parodia del género.

Fray Vicente Martínez Colomer, que con *El Valdemaro* tuvo un éxito muy importante entre los lectores de la época, lo que convirtió a la novela en un clásico de la literatura española. Se trata de una obra que anticipa el romanticismo, que por las características del autor tiene un tono moralista en los que abundan las escenas extrañas y sobrenaturales.

Ricardo Muñoz Fajardo

# Prólogo

Placer y utilidad, he aquí los principales caracteres que debe tener una obra para que sea recomendable. El placer puede embriagar el espíritu de los lectores y enajenarlo en sabroso éxtasis, pero siempre dejará vacío el entendimiento; ni la utilidad podrá llenar jamás este vacío cuando se fija en una instrucción seca y áridamente propuesta. Por eso da Horacio la palma al que con ingeniosa sagacidad sabe mezclar lo útil con lo dulce. Pero este es un privilegio que sólo a sus clientes conceden las Musas; y cualquiera que no tenga la fortuna de contarse en este número no podrá gloriarse jamás de producir obras marcadas con tan bellos caracteres.

¿Qué podré yo, pues, prometerme de esta que ofrezco al público? Sin la amable libertad del genio, sin espectáculo de mundo, sin modelos sobre que formarme y sin ninguno de aquellos auxilios que, al paso que contribuyen a encender la imaginación, ponen en movimiento la noble emulación de un estudioso, ¿cómo habré sabido formar una obra agradable a los delicados literatos? El silencio del claustro, el retiro de la celda, una meditación lenta y fría no pueden excitar ideas para formar una fábula maravillosa y verosímilmente sostenida, cuyos episodios sean oportunos, bien pintados los caracteres de las personas, vivas y graciosas las descripciones, animadas las narraciones, afectuosas y patéticas las escenas, exacta la elocución y primorosamente ejecutado cuanto se requiere para una obra de esta clase.

Conozco la dificultad de la empresa, y este conocimiento me arrebata las esperanzas que podía formar de un feliz desempeño. Sin embargo, ya que esta obra no sea del todo agradable, a lo menos he procurado que no sea del todo inútil, para cuyo efecto me he propuesto manifestar que la providencia de Dios asiste en todos los acontecimientos de la vida humana y que el hombre, lejos de resistir a sus disposiciones, debe dejarse gobernar por ellas.

Un rico y abundante fondo de erudición, ¿cuánto no podría ilustrar materia tan vasta? Pero yo, que todavía estoy tan distante de haberlo atesorado, ¿qué lustre habré podido darle? Por esto, y en vista de las razones que dejo ingenuamente expuestas, espero que los sabios y juiciosos lectores sabrán disimular los defectos de este ligero ensayo que me atrevo a presentar al público.

# Advertencia

Estaba yo bien lejos de pensar que esta novela hubiera hallado tan favorable acogida en el público. Obra de mis primeros años, falta de aquellas gracias y hermosuras que piden semejantes composiciones para embelesar al lector y llevarlo como por encanto de uno en otro incidente sin cansarlo, recelaba que hubiese quedado abandonada al olvido y a la oscuridad. Pero por fortuna ha sucedido todo lo contrario: el público la ha leído sin fastidio, la ha buscado y la busca actualmente; y he aquí lo que me ha dado motivo para esta cuarta impresión y me lo dará tal vez para la de otras obrillas de esta misma clase, que fueron mis primeros bosquejos y que no me atreví a publicar sino bajo un nombre supuesto.

*Vos sois Andrónico? ¿aquel mismo Andrónico, á quien mi padre amaba tanto?*

# EL
# VALDEMARO

POR

*EL P. FR. VICENTE*
*MARTINEZ COLOMER.*

## TOMO I.

*CUARTA EDICION.*

EN VALENCIA
POR JOSÉ FERRER DE ORGA.
AÑO 1816.

# Libro I

Con torcidos pasos corría Valdemaro hacia la cumbre de un empinado risco para precipitarse, cuando le sorprendieron unas voces que decían: «No, no te precipites; tente, aguarda». Volvió luego la vista y vio a un venerable anciano que, con más ligereza de la que prometían sus años, subía por una ladera del mismo monte. Era su cabeza calva y los pocos cabellos que le quedaban podían competir con la nieve en blancura no menos que su barba, que le llegaba hasta el pecho. Su frente serena y espaciosa, sus ojos rasgados y vivaces y todo su venerable aspecto manifestaban el fondo de prudencia y sabiduría que atesoraba su alma.

Apenas llegó a la cumbre del monte donde estaba Valdemaro, todavía no bien desembarazado de su sorpresa, le dijo, después de haber reconocido su semblante:

«Hijo mío, ¿qué insensato furor os conduce al precipicio? Cuando con generosa magnanimidad debíais triunfar de las desgracias que os persiguen, ¿os dejáis abatir de ellas hasta llegar al infeliz extremo de procurar vuestra propia muerte? Esta es la más infame cobardía que puede caber en el corazón del hombre. El hombre debe esperarlo todo mientras viva, y aunque se vea por todas partes combatido de miserias jamás ha de abandonarse. ¿Resistirá rebelde a los designios ocultos de aquel Dios que le dio el ser? ¿No sabe que todo depende de su providencia? ¿Por qué, pues, no se deja gobernar por ella y se somete dócil a sus disposiciones? Abrid, abrid, hijo mío, vuestros ojos, y dad lugar a que la luz de la verdad entre a desvanecer las sombras que os ofuscan el entendimiento».

A todas estas razones estuvo Valdemaro sin pestañear, fija siempre la vista en un mismo sitio. Su rostro lánguido y extenuado iba sucesivamente variando de color: ya pálido, ya encendido; en sus ojos se retrataba el furor y en su frente estaba de asiento la desesperación cuando, arrojando un profundo y dilatado suspiro, dijo:

«Conozco muy bien las verdades que acabáis de insinuarme; pero el tropel de infortunios que me persigue ha podido ofuscarlas de tal suerte que he llegado a verme en los términos de desesperación en que me halláis. Si supierais... ¡Oh ambición...! ¡Oh reino...! ¡Oh Cristerno cruel...!»

No sale con tanta violencia la sangre de una vena oprimida cuando la rompe la aguzada punta como salieron en este instante las lágrimas de los ojos de Valdemaro. Un nuevo aire de turbación y de ferocidad se dejó ver de improviso en todas sus acciones, y consecutivamente se fue esparciendo por su rostro una palidez poco menos que mortal. Bien presto conoció el anciano la causa de tan funestos accidentes; pero disimulando que la conocía le dijo, después de haberle consolado algún tanto:

«Hacedme el favor de veniros a mi estancia, que no está lejos de nosotros. Allá podréis, hijo mío, darme cuenta más tranquilamente del origen de vuestros males, y yo tendré la complacencia de daros el alivio que alcanzaren mis fuerzas».

No pudo Valdemaro responder sino con lágrimas y

sollozos, y siguiendo sosegadamente al anciano bajaron hasta la llanura, cruzaron un profundo valle y llegaron en breve a la estancia, que era una espaciosa gruta formada por la misma naturaleza. Hallábase en el declivio de una vasta montaña cuyos lados, doblándose a proporción, formaban cierta especie de semicírculo. Su entrada libre y espaciosa estaba adornada de vides y de hiedras que, ya penetrando por las hendeduras de las mismas rocas, ya enlazándose con los árboles vecinos, ofrecían un fresco y hermoso toldo. Enormes peñascos formados naturalmente en forma de pilares sostenían la inmensa bóveda de aquella cueva rústica cuyo interior, hermoseado con varias figuras labradas por la misma naturaleza, presentaba el más bello golpe de vista. Por una suave cuesta guarnecida de árboles y plantas olorosas se bajaba hasta el pie de la montaña, desde donde comenzaba a extenderse una amena pradería poblada de infinita variedad de árboles que le hacían fresca sombra y la enriquecían con sus sabrosos y sazonados frutos. En medio de ella se veían, como desprendidas de los cercanos montes, dos robustas rocas por entre las cuales salía un abundante manantial de agua que, partiéndose en varios arroyos, iba a perderse en la vecina playa después de haber atravesado por aquella feraz llanura. La menuda hierba que la cubría, la inmensa variedad de flores que ta matizaban, el murmullo de los arroyos, el dulce canto de las aves y una tropa de alegres céfiros que jugueteaban por entre las hojas de los árboles añadían nuevo encanto a las delicias que inspiraba aquella mansión feliz.

Al paso que Valdemaro miraba vagamente estos rústicos primores iba fijando tal cual vez la vista en el anciano. Maravillábale mucho la nobleza de su presencia, la rectitud de su estatura, la agilidad de sus movimientos, y que la edad aún no había podido robarle las gracias de la juventud. Sorprendíanle la modestia y compostura que [acompañaban] sus acciones y discursos, arrebatábale la dulzura de sus palabras y no le embelesaba menos el arte dulce que poseía de insinuarse en los corazones.

Viendo el anciano la maravillosa sorpresa de Valdemaro le dijo con afabilidad:

«Paréceme, hijo mío, que ya respiráis con más desembarazo, y aun creo que la deliciosa amenidad de este paraje ha desvanecido las funestas sombras que la tristeza había esparcido en vuestro corazón. Las delicias que aquí se ofrecen y el suave aire que se respira son muy a propósito para dilatar el ánimo oprimido».

«No son tan vulgares mis infortunios que puedan olvidarse con tanta facilidad, respondió Valdemaro. Las gracias de la naturaleza se han hecho solamente para recreo de las almas felices, mas para las desventuradas como la mía no se han formado sino sombras de horror más pesadas que los montes. La amenidad de este paraje, que para vos es tan agradable, a mí me es enfadosa, y el aire suave que aquí se respira es para mí el veneno más cruel. ¡Ah, que vos ignoráis el rigor de las penas que me consumen!».

«Yo no extraño, replicó el anciano, que todavía os parezcan sombrías y funestas las bellezas de la naturaleza, porque aún estáis penetrado de la negra melancolía; es preciso que la vomitéis antes y que os purifiquéis perfectamente para que las creáis tan agradables como son. Jamás hubiera yo llegado a sentir los placeres de esta soledad amable si antes de venir a ella no hubiese purgado toda la hiel y veneno de mis desgracias. Desde entonces aprendí el arte de vivir feliz y disfrutar las inocentes delicias que aquí se ofrecen.

¡Eh!, dejemos preocupaciones, prosiguió con aire lisonjero; el verdor de esos árboles, la hermosura de esas flores, la belleza de esos frutos y el primoroso enlace que forman entre sí, ¿no alegran sobremanera la imaginación e impiden que reciba ninguna impresión funesta? Mirad las pendientes de esos collados y los veréis cubiertos de una alegría que penetra íntimamente los ánimos de cuantos los miran. Esos arroyos que corren fugitivos al través del prado, ¿qué ideas tan alegres no nos ofrecen? Su precipitado curso por entre los riscos, dando graciosos saltos y formando copos de plateadas espumas, nos llena de un contento inexplicable. Los floridos tejos, los álamos frondosos, los elevados pinos y esos árboles cuyos caducos troncos aprisiona con agradables lazos la celosa yedra forman el más delicioso espectáculo; y esa vistosa variedad de montes que nos rodea, ¿no es capaz de hechizar al alma más grosera? Los unos, ¡qué soberbios se ostentan, que altivos! Parece que, mal satisfechos de su esfera, quieran elevarse sobre la de las estrellas. Los otros, ¡qué humildes! Apenas se atreven a levantar su cabeza sobre la tierra, turbados quizá y embarazados del respeto y temor que les infunden los soberbios; pero, ¡cuán contentos se hallan también con su fortuna! Nada envidian a los otros, antes se lastiman de su suerte, porque su elevación misma les hace el blanco de las tempestades más horrorosas.

Volved, pues, ahora la vista hacia ese inmenso mar que se descubre y veréis qué claro y apacible se manifiesta; parece que ninguna ola se atreve a levantar más que la otra, todas guardan uniformidad en sus movimientos y van llegando unas en pos de otras a besar blandamente la [opuesta] costa. Pero, ¡ah, sí lo vierais cuando locamente se ensoberbece! Veríais entonces cómo brama furioso, cómo encrespa sus ondas, cómo se empeña en derribar los riscos más soberbios que se le oponen; mas ellos, siempre inalterables, desprecian sus ataques y se burlan de su loca y temeraria porfía. ¡Oh, y cuán bien nos enseñan el desprecio que debe hacer un corazón magnánimo de los embates de la fortuna! Cuantas veces miro algunos de estos peñascos y observo cómo se mantiene tranquilo y sosegado en medio de las furiosas olas que le combaten, de las tempestades que forman espantoso estruendo sobre su cabeza y de los vientos que intentan oprimirle por todas partes, se me figura un héroe cuya firmeza no se rinde a los contratiempos».

«Si pudiéramos transformarnos en rocas, dijo Valdemaro, sin duda nos burlaríamos de las inconstancias de la fortuna, pero somos sensibles y no podernos resistir a ellas; lo contrario son halagüeñas ideas que el hombre se forja. ¿Cómo es posible que aquel a cuyo rededor revolotean las pasiones confusamente como sombras pueda encontrar aquella luz que necesita para ver con un mismo aspecto todas las variaciones de la fortuna? Si la fortuna le eleva sobre el monte de las dignidades, se ensoberbece; si le precipita hasta los valles más profundos de la miseria, se abate, se confunde, se desespera. Esas almas inaccesibles a los infortunios e inalterables en las felicidades serán de distinta naturaleza».

«De una misma naturaleza son las almas del hombre fuerte y del débil, del prudente y del temerario, del modesto y del vano, del sabio y del ignorante, del feliz y del infeliz, respondió el anciano con gravedad. Su diferencia la regularnos por el cuidado que pone el hombre para vencer las pasiones. Hablo de esta suerte para que nos entendamos mejor. Si el hombre se deja dominar de ellas, no haciéndoles guerra desde que la luz de la razón comienza a rayar en su entendimiento, el alma se viste del color de aquellas que la señorean y se ve abandonada a una torpe disipación. Ya no puede entonces obrar según ella quisiera; se halla sin fuerza para rebatir los violentos choques de los placeres o de los disgustos. Déjase llevar a su arbitrio, y en situación tan infeliz las riquezas la deslumbran, los honores la ciegan, los placeres la estragan, los infortunios la abaten y las mudanzas de la fortuna la hacen un espectáculo digno de compasión.

Pero al contrario, si el hombre desde el principio comienza a resistir sus pasiones hasta prevalecer sobre ellas, el alma sostiene sosegadamente su dignidad, manda sobre la materia que la circunda, la dirige por donde quiere, decide y no replica; en una palabra, hace con ella lo que un señor con su esclavo, a quien castiga cuando es desobediente. Impone silencio entonces a sus sentidos según juzga conveniente, y entregada a sí misma en aquella silenciosa quietud conoce su esencia, su inmortalidad, su espiritualidad, su nobleza; ve la rapidez con que se suceden unos a otros los gustos y los pesares de esta frágil vida, y que la brevedad de unos y otros es mucho menor que la de un minuto comparado con la eternidad. Conoce que los placeres, que tanto arrastran a los hombres, no son más que ligeras exhalaciones que se desvanecen en el mismo instante que se forman; que las riquezas son un fardo pesado que abruma el corazón del que las posee indiscretamente; que los honores son unos vestidos prestados que sólo nos cubren durante la voluntad del que los prestó; que los infortunios no son sino ligeros golpes que hieren infructuosamente en la pequeña porción de barro que la rodea y que no pueden llegar a lastimarla, bien así como aquellas balas disparadas desde lejos que, perdiendo la fuerza en la distancia, tocan blandamente los muros pero no los penetran».

No estaba todavía Valdemaro para largos discursos porque su imaginación, siempre fija en sus desgracias, no le daba lugar para que se divirtiese a otra cosa. Lo conoció el anciano, y variando diestramente la conversación dieron fin al paseo y tomaron la vuelta para su estancia. Por el camino solía pararse a mirar atento cualquier piedrecilla y a veces, para divertir la fantasía triste de Valdemaro, tomaba alguna en las manos y hacía un gracioso panegírico de sus virtudes. El más vil insecto y el reptil más despreciable llamaban su atención, y de las flores que nacen por los senderos y se pisan sin advertir hacía una curiosa anatomía.

De esta suerte se restituyeron sosegadamente a la gruta y luego extendió el anciano unas pieles de animales sobre las cuales puso varios trozos de cecina hecha de aves y fieras prendidas en los lazos que él mismo les armaba. Después sacó indistintamente gran cantidad de aquellas frutas con que los árboles le recompensaban su trabajo, y algunos generosos licores que él propio hacía de las uvas, manzanas y granadas que le ofrecía el terreno.

Después de concluida la sabrosa cena dijo el anciano:

«Ya es tiempo, hijo mío, que os deis a conocer a este viejo que no solícita sino vuestra felicidad. No tengáis reparo de decirme quién sois y por qué lances habéis venido a parar a este rincón tan olvidado de las gentes, Por extraños que sean no me causarán novedad porque, gracias al cielo, estoy bastante experimentado en las inconstancias de la fortuna. No os dejéis cosa por decir, que estoy con impacientes deseos de saberlo todo».

«Si la relación de mis infortunios puede servir de recompensa a la voluntad que mostráis de favorecerme, respondió Valdemaro, yo os la haré con toda la sinceridad de mi corazón, aunque se renueve mi pesar con la repetición de memorias tan funestas; pero confío en que sabréis depositarlas en vuestro pecho sin que se trasluzcan por ningún término.

Heroldo, rey de Dinamarca, después de haber gobernado sus pueblos por espacio de diez años, murió infelizmente a manos de Cristerno, el menor de sus dos hijos. Ocupado sólo en arrebatar la corona que en algún tiempo había de ceñir sus sienes, se le veía andar errante de un negocio en otro, lleno su corazón de inquietudes y proyectos, de temores y esperanzas. Parecíanle muy perezosos los pasos del tiempo que se dilataba en colocar la corona sobre su cabeza; y no pudiendo sufrir tanta dilación, inventó la maldad más fea y detestable que se puede imaginar.

Logró introducir veneno en la copa de oro en que bebía Heroldo, y como no tenía este la más leve desconfianza de sus vasallos por su candor y justicia, prendas que le hacían dueño de los corazones de todos y no le permitían formar de nadie la más ligera sospecha, bebió el veneno que el mayordomo, cohechado por Cristerno, le dio entre las alegrías de un convite. ¡Ay de mí! Cogiole al instante un mortal desmayo. Cristerno fue el primero que se arrojó sobre su moribundo padre, y aunque tenía por cierta su muerte, disimuló con hacerle aplicar remedios. Los ministros que se hallaron presentes se vieron sobrecogidos del espanto y se abandonaron a una torpe inaccion; sólo Cristerno y el infame cómplice de su maldad tuvieron valor para dar gritos, mesarse los cabellos, rasgarse los vestidos y bañar al infelice rey con sus fingidas lágrimas. Al instante se extendió la confusión por todo el palacio, y no se percibía sino el eco triste que repetía: *El rey es muerto, el rey es muerto*».

Suspendiose aquí Valdemaro un largo espacio; y animándole el anciano para que prosiguiese, exclamó:

«Padre mío, amado padre mío... ¡Ah, y si hubiera tenido yo la fortuna de morir con vos! ¡No se vería ahora vuestro hijo Valdemaro hecho blanco de las crueldades de Cristerno...! ¡Cristerno cruel! ¿No te contentaste con quitar la vida a tu viejo padre, sino que echaste sobre mí la infamia de su muerte? Adorado padre mio, si allá en la región de los inmortales os queda libertad para volver hacia mí vuestros amables ojos, miradme gimiendo los reveses de una enemiga suerte; mirad a vuestro hijo Valdemaro inicuamente perseguido del pérfido Cristerno. ¡Ah! Y si en el feliz estado en que os halláis pudierais sentir algún género de dolor, ¡cuál lo tendríais de ver la ciega ambición de Cristerno y las desgracias de Valdemaro!».

Las lágrimas y suspiros que arrojaba casi no le dejaban proferir palabra; y serenándole el anciano con sus discretas reflexiones le dijo, disimulando el dolor que al oírle había penetrado su alma:

«Pues, ¿de dónde vino que Cristerno os atribuyese el infame parricidio que había cometido?».

«Como yo era el heredero inmediato de la corona, respondió Valdemaro, era preciso que, muerto Heroldo, me diese también a mí la muerte o que inventase otra perfidia para que yo no fuese obstáculo de su ambición Y pudiera él coronarse pacíficamente. En efecto, apenas el veneno comenzó a entorpecer los movimientos de Heroldo, mí hermana Ulrica-Leonor y yo nos rendimos a un desmayo poco menos que mortal; y cuando volví en mi acuerdo me hallé entre los horrores de una cárcel, cargado de cadenas y de esposas. Entonces fue cuando el impío Cristerno publicó a su salvo que yo había envenenado a mi padre y que, avergonzado y lleno de terror por tanta maldad, había buscado mi asilo en la fuga. ¡Oh, y cómo sabe fingir la malicia!

Para hacer más creíble tan execrable impostura despachó inmediatamente varias postas para que me hiciesen prender dondequiera que me hallasen. ¡Qué superfluas diligencias! Bárbaro hermano, ¿cómo no partías el veneno para que una misma muerte arrebatara mi vida juntamente con la de mi padre, o por qué, ya que la ambición del cetro te cegaba tanto, por qué no me dabas a mí todo el veneno y dejabas en paz la vida de tu anciano padre, que no estaba ya muy distante del sepulcro? ¿Qué, te parecía largo el corto tiempo que podía tardar en caérsele la corona de la cabeza? Monstruo de maldad, ¡cuánto mejor sería que hubieras quedado muerto en la misma cuna!».

Viendo el anciano que el dolor obraba con sobrada fuerza en el corazón de Valdemaro, temeroso de que la cólera, a manera de torbellino, arrebatase con su violencia la quietud que comenzaba a introducirse en su alma, le dijo:

«Bien conozco que ése fue un lance terrible. Dar un hijo la muerte a su propio padre, arrebatar la corona que iba a colocarse derechamente sobre la cabeza de su hermano, y atribuirle por último el infame crimen del parricidio son golpes atroces y bárbaros, pero golpes con que se labra el heroísmo de un alma si los sufre con paciencia. Ellos la abaten furiosamente, pero incontrastable a las baterías logra después un lucimiento igual a su triunfo, así como el oro brilla más después de resistir constante a los golpes del martillo. Esta es la escuela donde el alma aprende a obrar con libertad, aun en medio de la esclavitud más ignominiosa, donde abre los ojos para ver la serenidad con que deben mirarse los acontecimientos de la vida humana, y donde conoce que la ruina de unos y elevación de otros no son sino disposiciones del Señor para humillar nuestra soberbia y hacernos ver que de sola su voluntad dependen todos los sucesos.

He aquí el carácter de los hijos de la sabiduría: guarecidos en la fortaleza que tienen dentro de su mismo corazón, no hacen caso de otro objeto que no sea aquel Ser eterno e inmutable que reconocen sobre sí. La serenidad que está de asiento en su ánimo les aligera el peso de los infortunios y les hace inalterables a las miserias anejas a nuestra frágil naturaleza; y caminando tranquilamente por la senda de los trabajos llegan a la cumbre de la verdadera felicidad, que consiste en no depender de nadie más que de Dios, de quien todos dependen. ¡Desgraciados aquellos a quienes una continuada prosperidad va llenando los espacios de sus deseos! El progreso de sus felicidades se ha de interrumpir, y miserablemente han de dar en el abismo de las desgracias.

Bien experimentará en verdad vuestro hermano Cristerno. Él se ve sobre el trono de Dinamarca, ceñidas sus sienes con la corona de majestad, ocupada su mano con el cetro del poder, pero llena su alma de remordimientos. Las funestas memorias de la muerte que impío dio a su padre serán un continuo torcedor que no le permitirá un instante de sosiego, y la perfidia de manchar vuestra inocencia con la infame calumnia del parricidio que cometió le redoblará los tormentos. Él es verdaderamente infeliz, y lejos de ser envidiado por su elevación merece que le compadezcamos».

«Yo estoy muy distante de tenerme por feliz, dijo Valdemaro, todavía no bien enjutos sus ojos; pero tampoco dejo de tener por mucho más infeliz a mi hermano.

Si las fingidas lágrimas que vertió para disimular su delito cesaron luego, no tardaron mucho en atormentarle los remordimientos de su conciencia. Parecíale que todos leían en su semblante su abominable crimen, y no osaba dejarse ver de sus vasallos; el peso de la corona le abrumaba la cabeza y a cada momento se hallaba con menos fuerza para sostenerla. Lleno de confusión y penetrado de tristes cuidados, perdía el tino en su conducta, semejante a un ciego descaminado y sin guía. Colocaba nuevos hombres en dignidades que no merecían y privaba de ellas a los de un mérito verdadero.

Andrónico fue el primero que sufrió este golpe, pero jamás pudo doblar la firmeza de su corazón. Era Andrónico hombre de mucha entereza para que Cristerno lo tuviera cerca de sí. Temía a Dios, amaba la verdad y no conocía la adulación; las palabras que salían de su boca eran una señal nada equívoca de la sinceridad y pureza de su pecho; sus decisiones no las pronunciaba sino después de una larga y seria meditación; los más turbulentos negocios nunca pudieron hacer que se olvidara de sí mismo: por eso jamas en su mano perdió el equilibrio la balanza de la justicia. Constituido en el alto puesto de primer ministro, nunca se le vio inaccesible a los inferiores ni se dejó ver jamás con sobrecejo sino contra los artificios de la hipocresía y las arterias de la adulación. Su corazón era el centro donde encontraban descanso los miserables, y para socorrerles con presteza se desprendía de sus propios intereses. ¡Cuántas veces extendía su compasiva mano a los desgraciados y destituidos de todo auxilio! ¡Cuántas veces corrieron por sus mejillas lágrimas de ternura al oír los clamores del pobre que salían cansados desde el oscuro centro de los calabozos! ¿Se vio acaso ministro más amado de los hombres? Toda su complacencia era repartir gracias, y sus miras no se extendían sino a la paz de los pueblos y felicidad de su soberano. ¡Ah, eternamente lo llorará Dinamarca! ¡Andrónico, Andrónico! ¡Oh, si yo pudiera veros ahora, abrazaros, estrecharos entre mis brazos, cuán dulces se me harían estas lágrimas que vierto, cuán suaves estas desgracias que sufro! Vuestra vista sola haría deliciosas las fatigas mismas que tanto afligen mi espíritu.

Permitidme, señor, estas lágrimas que me hace derramar la memoria del amable Andrónico. No os parecerán importunas si consideráis que él solo fue el apoyo de mi niñez, que él enderezó mis primeros pasos, que él fue mi maestro, mi luz y mi guía».

«No son sin causa las lágrimas que derramáis, dijo el anciano, antes las juzgo muy propias del amor que profesáis a Andrónico. Andrónico, si tuviera la dicha de veros ahora, no se enternecería menos, así como yo mismo lo estoy sintiendo en el fondo de mi corazón. Mas, ¿cómo tuvisteis ocasión de saber su caída, cuando estabais sepultado en una cárcel ignorada, y por qué conducto se pudo saber que Cristerno y el mayordomo envenenaron a vuestro padre?».

«Después de mucho tiempo, respondió Valdemaro, que yo estaba preso y privado de toda comunicación, supo mi hermana, no sé por qué conducto, mi fatal situación; y como además de los vínculos de la sangre la estrechaban conmigo los del cariño, y tenía un mortal odio a los infames procedimientos de Cristerno, buscó medios oportunos para visitarme y darme aquel consuelo que podían permitirle sus pocas fuerzas. Anegada en lágrimas, me contaba el despotismo del intruso rey, las vivas diligencias que fingía practicar para prenderme y ejecutar los castigos debidos al enorme crimen que me atribuía. Contome que había despojado a Andrónico de su dignidad y desterrádolo ignominiosamente mandando, so pena de la vida, a los marineros sus conductores que por ningún caso revelaran su destino. Díjome cómo consecutivamente desterró a todos los sabios y celosos ministros que mi padre había elegido para el buen régimen de la corona, dejando solamente alrededor del trono malvados aduladores; y así me iba contando sucesivamente las injusticias que hacía y las desgracias del pueblo que gemía bajo tan tirano yugo.

Aunque me afligían extraordinariamente estas noticias, sentía cierta especie de consuelo con las visitas de mi hermana y las deseaba con eficacia; de suerte que, si pasaba tal vez algún día sin visitarme, me acongojaba en extremo, no tanto por verme privado de este alivio como por el recelo de que a Cristerno se le trasluciera nuestra inteligencia y ejecutara con ella alguna tropelía. De aquí podéis inferir qué dolor debió penetrarme el alma cuando vi pasar muchos días sin que me visitara. Desde entonces pensé haber perdido ya toda esperanza de remedio; juzgaba ciertas las sospechas que había formado; mi imaginación corría rápidamente de un objeto a otro, y en todos veía retratada mi muerte y la de mi hermana. Ya comenzaba a creer sin repugnancia todo cuanto imaginaba cuando una noche, la misma noche en que contaba seis años de mi duro encarcelamiento, oigo abrir las puertas de la cárcel. Me estremezco; un nuevo horror se apodera de todos mis miembros; y hubiera desfallecido de congoja si no me alentara luego la voz que oí de mi hermana.

Valdemaro, me dijo sobresaltada, tu inocencia está ya declarada; pero ahora está tu vida en mayor peligro que nunca. Suenon, el mayordomo, hoy al morir ha confesado públicamente su traición y tu inocencia. Ha dicho que, cohechado por Cristerno, envenenó la copa de oro en que bebía nuestro padre; y sin proferir otra palabra expiró. Pero, ¡ay de mí triste!, el tirano Cristerno y sus perversos ministros procuran persuadir al pueblo de que la fuerza del delirio arrancó a Suenon estas palabras y pronto se castigará al autor de la muerte de Heroldo. Yo no sé, hermano, lo que podrá resultar ahora, ni lo que será conveniente que hagamos.

Contemplad, señor, si bastaban estas nuevas para quitarme la vida. Mi hermana tenía anegado en lágrimas el rostro, y yo no podía reprimir las mías. Enlazaba sus tiernos brazos a mi cuello, pegaba sus labios con los míos, tocaba las esposas y grillos con que estaba amarrado, y de tal suerte apretaba entre sus manos la cadena enorme que me oprimía el cuello que parecía quererla romper, o con el ansia de sus suspiros o con las débiles fuerzas de sus brazos; pero, cansada de sus inútiles esfuerzos, cerró la puerta y se fue.

¡Qué confuso tropel de cavilaciones vino a combatirme en este instante! La muerte de Suenon, la confesión de su crimen, la protesta de mi inocencia, el encono de Cristerno, la indecisión y sobresalto de mi hermana, todo me afligía, todo me representaba una cercana muerte. Permanecí en esta situación hasta la siguiente noche, en que volvió ella acompañada de un caballero amigo mio y confidente suyo; no sé lo que a primer ímpetu me prometí de esta venida, y mayormente cuando sentí que me quitaban la cadena, grillos y esposas. Conocieron mi sorpresa y alentándome con sus palabras me condujeron, apoyado en sus brazos, a una puerta casi olvidada. Hallé prevenido el equipaje necesario y tres caballeros amigos que me habían de acompañar hasta dejarme en Suecia, cuyo rey estaba ya prevenido antes por mi hermana. Despedímonos más con lágrimas que con palabras, y sin tardanza nos pusimos en el puerto, donde estaba ya dispuesta la nave en que habíamos de partir.

Embarcámonos, pero fue para encontrar trabajos no menos rigurosos que los que sufrí en la cárcel. El viento favorable comenzaba a llenar las velas y nos animó a levar áncoras para nuestro viaje. Al principio nos fue muy feliz: la nave surcaba tranquilamente las azuladas aguas, los céfiros apacibles herían blandamente los costados y parece que todo contribuía a una próspera navegación. Mas, ¡ay, que no puedo libertarme de las desgracias! De repente se trocó en borrasca la tranquilidad, y los vientos, que hasta entonces movían el bajel con suave impulso, comenzaron a combatirlo con tanta violencia que no pudo contrarrestarla todo el arte de los marineros. Las soberbias y furiosas olas ya lo levantaban hasta tocar con la gavia en las nubes, ya lo sumergían en lo profundo del mar, hasta que, arrebatado de la furia de los elementos, vino a estrellarse contra unas rocas. ¡Qué terror! Los clamores y gemidos tristes hubieran llegado hasta el cielo si no los confundiera el espantoso estruendo de la borrasca. ¡Con qué dolor oíamos repetir tal vez el eco amargo de los miserables náufragos que luchaban con las ondas!

¡Ay de mí triste!, decía yo fluctuando sobre una tabla, ¡ay de mí triste, y cuánto mejor me fuera permanecer en la cárcel aunque se me doblaran los trabajos! Dulce hermana mía, ¡cuán infructuosas han sido tus diligencias! Llevada del natural cariño atropellaste dificultades para ponerme en libertad; pero la fortuna obstinada ha burlado tus desvelos. ¡Ah! Si me vieras ahora batallando con la muerte en medio de estas enfurecidas aguas, ¡cómo verterías lágrimas más amargas que las que te arrancaba el horror de mi estrecha cárcel!

Cansado de quejarme suspiraba, gemía y en lo más profundo de mi angustiado corazón clamaba al cielo que me librase de tan inminente riesgo. Oyó compasivo mis clamores porque, después de haber sido todo el día infeliz juguete de la borrasca, permitió que llegase a la punta de una pequeña isla. Besé la tierra deseada y comencé a recorrerla toda por ver si encontraba donde refugiarme, pero fue en vano. Expuesto a la inclemencia en un paraje solitario, me asaltó la noche. ¡Qué noche, amable anciano! Las entumecidas ondas que divisaba con la reverberación de los relámpagos, el bramido de los vientos que desgajaban los árboles vecinos, la violencia irresistible de los rayos que partían en trozos las rocas del contorno eran los objetos que aumentaban el terror de mi triste situación.

Llegó el esperado día; pero sólo amaneció para doblar mis males, porque ni en toda la isla ni en todo lo que del mar se descubría se me presentó esperanza de remedio. Afligíase más y más mi corazón, y penetrado de mortales congojas me senté sobre una roca, contra la cual batían furiosamente sus olas.

A poco rato que estuve repasando mis desgracias y las inconstancias de la fortuna descubrí un poderoso navío que dirigía la proa hacia donde yo estaba. Dilatose mi corazón y cobraron aliento mis desmayadas esperanzas cuando se oyeron mis voces y vi que botaban el esquife al agua para recogerme. Recibiéronme generosamente en el navío y me agasajaron sin omitir diligencia de cuantas juzgaron convenientes para esforzar mi descaecimiento.

El capitán, que era polaco como toda la tripulación, luego que me vio recobrado me preguntó quién era y por qué lances había llegado a tan infeliz extremo. Yo, disimulando mi patria, mi calidad y mis infortunios, le dije cómo navegando desde Dinamarca a Suecia había naufragado y que, ímpelido de la tormenta, logré arribar sobre una tabla a la isla donde me acababa de encontrar. Doliose de mi desgracia y sin más motivo que el de su benignidad y natural compasión me trató amorosamente todo el tiempo que mi contraria suerte permitió que estuviese en el navío».

«Suspended vuestro razonamiento, dijo el anciano, que ya es hora de que entreguéis vuestro cansado cuerpo a la quietud del sueño. Retiraos, hijo mío, sin susto alguno, que en este pacífico albergue nada hay que pueda perturbaros. Desviad de vuestra imaginación ideas tristes, y disponeos para dormir, que mañana acabaréis de contarme vuestra historia».

Con esto se retiraron a la gruta, y el anciano acomodó a Valdemaro en un apartamiento, donde le dispuso un lecho de secas espadañas y lanudas pieles.

# Libro II

Ya venía la aurora, anunciando con sus rayos el arribo del nuevo sol; las placenteras aves celebraban su venida con dulces gorjeos y, enajenadas de contento, ya se remontaban hasta esconderse entre las estrellas, ya se precipitaban rápidamente haciendo mil giros por la vaga región del aire; la alegría andaba cubriendo maravillosamente los campos, al paso que las flores, descollando por entre las frescas hierbecillas, aumentaban su hermosura con bellos y delicados matices. Luego se dejó ver el sol sobre el horizonte con agradable majestad y toda la tierra se llenó de luz. Entonces abrieron los ojos el anciano y Valdemaro, y salieron a disfrutar las hechiceras delicias que les ofrecía la naturaleza.

«Ya es tiempo, dijo el anciano, de que acabéis, hijo mío, de contarme vuestros sucesos; lo estoy deseando con impaciencia».

«Os los acabaré de referir con mucho gusto, respondió Valdemaro, para recompensar con esta corta fineza las obligaciones que os debo».

«Sí, replicó el anciano, que tal vez, atendiendo a mi voluntad, no las deberéis mayores al mismo Andrónico».

«¡Ah, que no sabéis vos cuánto es lo que le debo!», dijo Valdemaro.

«Está muy bien, prosiguió el anciano; Andrónico debió observar vuestras inclinaciones para dirigir vuestros pasos en la niñez, debió preparar vuestro espíritu para imprimir en él las máximas de la verdad y de la religión y, en suma, debió daros una educación conforme a vuestro nacimiento; pero a pesar de sus prudentes cuidados, hubierais perecido desastradamente a no haber yo cortado los pasos que os conducían al precipicio. Andrónico fue vuestro maestro, y yo soy vuestro padre si consideráis que por mí vivís ahora, por mí respiráis y por mí finalmente os veis otra vez en camino de merecer el goce de Dios, que es el último fin del hombre. ¿A quién, pues, debéis más obligaciones, a vuestro amado Andrónico o a este pobre viejo?».

Estas razones avivaron las ansias que Valdemaro tenía de saber quién era el anciano, pero no se atrevía a preguntárselo hasta que, venciendo en fin todo reparo, le dijo:

«No esperéis que yo prosiga la narración de mis sucesos hasta que os dignéis decirme quién sois, porque vuestras razones tienen mi corazón lleno de sobresaltos; ¿no podré saber yo a quién confío mis secretos?».

«Nada os quedará por saber, respondió el anciano; proseguid con sencillez vuestra historia, como me lo prometisteis, y dejadme a mí para después el cargo de satisfaceros».

No quiso importunarle Valdemaro, y con la esperanza de que serían satisfechos sus deseos prosiguió diciendo:

«No duró mucho la quietud que gozaba en la nave, porque luego se trocó el viento y comenzó a impeler las velas en contrario tan violentamente que fue preciso retirarnos a un abrigo que se formaba entre dos montes, suficiente para resguardarnos. A breve rato que estábamos sobre las áncoras vimos cruzar sosegadamente por la falda del monte dos robustísimos venados. Provocado de la esperanza de la presa salté en tierra con otros caballeros aficionados, y al instante se prepararon unos para la caza y otros para el ojeo. Espantados los venados marcharon con velocidad por distintos rumbos. No tardó el uno de ellos en cruzar la senda que yo guardaba; tirele y le atravesé una pierna; sin embargo, metiose huyendo en un espeso bosque y yo me empeñé en seguirlo, pero a poco tiempo perdí el venado, el tino y el gusto. Ya seguía una senda, ya la perdía, ya buscaba otra infructuosamente, ya tal vez me hallaba sobre un derrumbadero a cuya vista me estremecía. Clamaba desde lo más intrincado de las selvas, daba gritos a mis compañeros, pero sólo me respondían los ecos para aumentar mi espanto. Las crueles memorias de mis pasadas desgracias venían a insultarme de tropel, y batiendo furiosamente mi descaecido corazón me reducían a punto de desesperar.

En esta situación cerró la noche. ¡Qué confusión, qué horror Al oír los terribles bramidos de las fieras que salían de lo más enmarañado del bosque, los cabellos se me erizaban y por instantes esperaba ser infelice cebo de su voracidad; cualquier leve ruido me asustaba, y hasta el blando susurro que formaba el viento en los vecinos árboles me causaba espanto; ni me resolvía a quedarme ni a dar un paso para salir de aquella pavorosa soledad, temeroso siempre de mi precipicio, hasta que por último, sacando un eslabón, yesca y pedernal de que iba prevenido, formé una hoguera y pasé junto a ella la noche, lleno de melancólicas imaginaciones.

Cuando ya comenzaba a declararse la aurora sentí un ruido entre los vecinos árboles. Púseme en pie, alcé un poco la cabeza y vi que venían hacia mí dos hombres armados, de una estatura más que regular y al parecer de mucho aliento. Llegáronse al instante, y sin hablar palabra me atan fuertemente los brazos por las espaldas y toman otra vez el camino por donde habían venido. ¡Qué especie de inhumanidad es esta!, decía yo entre mí mismo. ¿Han de ser más compasivas las fieras que los hombres? ¿Ninguna de tantas como habitan estos bosques ha dado en el furor de ofenderme, y los hombres me maltratan? ¡Qué impiedad! Vosotros, cualesquiera que seáis, les dije entonces, decidme por lo que más amáis sobre la tierra, decidme a dónde me conducís o qué intentáis hacer de mí.

Sin responder palabra, antes bien acelerando el paso, me transportaron a la otra parte de unos montes cuyas altas cimas se escondían en las nubes. Desde allí se descubría una hermosa vega poblada de quintas bellamente situadas, de árboles oprimidos bajo el peso de sus frutos, de sotos apacibles y de otros objetos a cuya hermosura daban mayor brillo los claros arroyos que serpeaban por entre la menuda hierba. Servía de marco a este bello cuadro una cordillera de montes inaccesibles en cuyas pendientes se veían oscuros bosques, profundos valles y negras bocas de grutas que dejaban al alma indecisa entre el agrado y el horror».

«Tan bello golpe de vista, interrumpió el anciano, desvanecería sin duda el temor que os agitaba».

«No fue capaz, respondió Valdemaro, pues contemplaba que no era llevado allí para disfrutar delicias. Si tuviera la suerte, me decía a mí mismo viendo la multitud de ganados que oprimían aquellos montes, si yo tuviera la suerte de pastorear alguna porción de aquellos inocentes animales, ¡por cuán feliz me reputaría! Aquí acabaría mis días tranquilamente, la memoria de mis desgracias se borraría poco a poco con la continua contemplación de la naturaleza, no vendrían a molestarme ya las crueldades de Cristerno y olvidaría insensiblemente las ternezas de mi hermana, cuya memoria me aflige tanto. El pellico y el cayado serían para mí más dulces que la corona de Dinamarca, no experimentaría aquí la infeliz suerte de los reyes que tienen por vasallos hombres ingratos y desleales; una corta porción de simples ovejas formaría para mí un pueblo fiel y agradecido que gobernaría con inviolable paz; pero no se guarda para mí semejante felicidad».

«Ni vos la admitiríais si se hubiera interrumpido entonces el curso de vuestras desgracias, dijo el anciano. Estos pensamientos, propios de los que se hallan en miserable estado, se desvanecen cuando se ven en mejor fortuna, del mismo modo que las promesas del cautivo se olvidan cuando se mira libre de las cadenas. Si en aquel mismo instante en que os parecía tan feliz la vida de los pastores os hubieran presentado la corona de Dinamarca, seguramente no la pospondríais al pellico y cayado».

«No lo sé, respondió Valdemaro; pero siempre estimaría más bajar tranquilamente al estado de pastor que subir al trono con la violencia con que subió Cristerno».

«Pensáis con juicio prosiguió el anciano, aunque de cualquier modo que se suba al trono siempre es para echar sobre los hombros el gravísimo peso de los cuidados, cuando el simple pastor goza libremente de una envidiable tranquilidad en las selvas. La vida feliz del campo, aunque al parecer nada brillante como la de la corte, es preferible a la turbulenta que llevan los que están constituidos en altas dignidades. Pero volvamos a vuestra historia».

«Luego que llegamos a la mitad de aquella vega, prosiguió Valdemaro, me condujeron a una quinta de hermosa arquitectura y bella situación. Presentáronme a un viejo llamado Gésner, venerable por su barba larga, cabellos encanecidos, rostro grave y noble presencia, bien que se apoyaba ya sobre un grueso palo de finísimo ébano. Mirome largo rato como asombrado, pero tomándome luego por la mano y arrimándosela fuertemente al pecho me dijo con voz apacible:

*No es novedad que los hijos de los reyes anden errantes por mares y por tierras, gimiendo bajo el peso de una cruel fortuna. ¡Ojalá que antes de empuñar el cetro aprendiesen todos en la escuela de las adversidades el arte de regirlo! Entonces juzgarían a sus pueblos según las leyes de la equidad; las opresiones injustas con que los potentados hacen gemir a los desvalidos serían severamente castigadas, y los pobres que se hallan sin apoyo encontrarían abrigo en el mismo trono. La paz y la justicia se dejarían ver dulcemente enlazadas sobre el regio solio, y sus sabrosos frutos se derramarían hasta los extremos de la tierra. Los reyes extranjeros desde sus apartados tronos extenderían sus brazos para enlazarlos con los de tan benigno rey, y las naciones más distantes doblarían respetuosamente la rodilla y le tributarían inciensos y adoraciones. El Dios de bondad derramaría entonces sus abundantes y preciosos dones so-*

*bre sus pueblos, y jamás apartaría la vista de sus estados. Este ha de ser vuestro carácter, amado Valdemaro.*

Así habló Gésner, y yo quedé extraordinariamente maravillado de lo que acababa de decirme, de suerte que apenas tuve libertad para hablarle; tal fue la admiración que me causaron sus palabras y el respeto que me infundió su majestuosa gravedad. Pero luego que me condujo a su habitación le dije:

Permitidme, venerable anciano, que os pregunte quién sois, y cómo ha llegado a vuestra noticia mi nombre y mis desgracias. ¿Conocisteis por ventura a mi padre?

*Tuve el honor de conocerlo*, me respondió, *y también a vos en otro tiempo; pero vos no debéis acordaros de mí.*

No sé que jamás haya tenido la dicha de veros, le dije. Pero ¿cómo sabíais, le volví a preguntar, que yo había de venir a esta quinta?

*No lo sabía*, me respondió; *pero tenía noticia de las revoluciones de Dinamarca, y como presagio de las desgracias que os habían de perseguir. Mirad de qué suerte la providencia de Dios, que es tan admirable, ha querido que yo volviera a ver a un joven que tanto amé...*

Aquí se quedó un rato suspenso; pero luego, con inexplicable alegría mezclada con dulces lágrimas prosiguió diciendo:

*¡Gran Dios, ahora en los últimos años de mi vida os habéis dignado renovar en mi alma las memorias de un rey a quien amaba tanto, la vista de un hijo que tanto le parece.....!*

No pudo proseguir porque las palabras se anegaron

en las lágrimas que corrían por su venerable barba, ni yo pude oírle sin enternecerme.

Mas apenas se hubo serenado, me dijo:

*Tres noches continuas que, por temeridad o culpable descuido de algunos, padecen incendio los vecinos montes, de suerte que casi arribaron las llamas a esta vega. Viendo repetido el exceso en la pasada noche, ordené a mis criados que procurasen averiguar quién fuese el incendiario, para corregir su temeridad o para castigarle si fuera preciso. Han ejecutado fielmente mis órdenes, mas con éxito tan favorable que por ellas he recobrado lo que más amaba. ¡Feliz incendio, que me ha granjeado vista tan amable! ¡Providencia sabia del Altísimo, que me ha dado ocasión de mezclar mis lágrimas con las de un hijo que sabe llorar la tragedia de su padre!*

Por repararme del frío que me molestaba, le respondí, y desvanecer algún tanto el miedo que me afligía entre esos enmarañados bosques, encendí fuego esta pasada noche; pero no tuve parte en el incendio de las antecedentes, porque me hallaba entonces menos temeroso en una nave polaca, donde me acogió amorosamente su capitán.

*Dejad para después la narración de vuestros sucesos,* me dijo. *Ahora procurad restableceros, ya que el cielo os acaba de conducir a parte donde podéis hacerlo con entera libertad.*

Con esto me llevó a un retirado aposento donde estaba prevenido un abundante desayuno por las diligentes criadas, y después de concluido me pidió refiriese la historia de mis infortunios, como en efecto lo hice, pero sufriendo tantos golpes de dolor cuantas eran las lágrimas que el anciano Gésner iba derramando en el discurso de mi narración.

Habiendo empleado todo el día en varias conversaciones relativas al trono de Dinamarca, al declinar la tarde salimos a dar un paseo por la amenísima vega, y lo primero que se me ofreció fue un primoroso jardín que había enfrente de su quinta. Partíase en cuatro cuadros, y en ellos se representaba con singular propiedad y viveza la funesta caída de Adán y Eva.

Dejábase ver esta en el primer cuadro bajo la figura de una gentil doncella enteramente desnuda, sueltos sin discreción por las espaldas sus hermosísimos cabellos, reclinada a la sombra de un árbol por cuyo tronco se enroscaba una enorme serpiente. En el segundo cuadro se manifestaba en ademán de disputar con Adán, varón robusto y bizarro que también andaba desnudo. En el tercero estaban ya los dos muy sosegados bajo un frondoso árbol, cargado de tan bellos y sazonados frutos que lisonjeaban la vista y el apetito. Adán parece que estaba ya comiendo la mitad de una fruta que le acababa de regalar su mujer, y esta con aire expresivo estaba poniendo en su boca la otra mitad. Pero en el último cuadro ya no aparecían con aquella pacífica quietud que mostraban antes; el uno huía atropelladamente del otro, y ambos con inquieta solicitud procuraban encubrir su desnudez, al paso que, llenos de una vergüenza nunca experimentada, se fatigaban por esconderse en la espesura.

En el término donde se cruzaban las calles que dividían los cuadros había un espacioso estanque ceñido de un primoroso pretil, Desde su centro se levantaba una fuente de blanquísimo mármol bajo la figura de un informe monstruo que representaba al Engaño. Era su rostro humano, el resto del cuerpo semejante al de la serpiente, y la cola remataba en punta como de saeta, pero estaba tan lleno de expresión que la vista dudosa se detenía a mirar si se ondeaba en una concha llena de agua que por diferentes caños se derramaba en el mismo estanque.

Después de haber admirado los primores de este jardín, continuamos nuestro paseo y me dijo:

*Uno de los grandes que estaban con Andrónico cuando fue el infame nuncio de Cristerno a intimarle el decreto de su destierro era yo. Sola la constancia de Andrónico pudo sufrir sentencia tan injusta. Sin dejarle despedir de su familia, sin que se previniera para el viaje, sin permitirle siquiera decir adiós a sus amigos lo transportaron del salón en donde estábamos al navío que lo esperaba en el puerto. Harto que hacer tuvimos nosotros en consolarnos mutuamente y enjugar las lágrimas a una familia ilustre que quedaba sin apoyo, expuesta al encono de un rey intruso que no conocía otra ley que su antojo. Pero Andrónico, el sabio Andrónico, superior a las adversidades, siguió con envidiable constancia su adversa fortuna, que ignoramos hasta ahora cuál haya sido.*

*Este funesto ejemplar y los que vi consecutivamente en otros ministros no menos celosos me hicieron prever la ruina que me amenazaba, y sólo pensé en evitarla. En compañía de mi cara esposa y de mis fieles criados me embarqué en el silencio de una noche, y al cabo de muchos días llegamos a una cala que se forma en la otra* banda de esos montes. Subí a la cumbre para ver si descubría algún paraje donde poder establecernos cómodamente, y en efecto vi esta apacible vega, sólo poblada entonces de pobres casillas y de pajizas barracas. Prendado de la hermosura del sitio, mandé desembarcar todo mi equipaje; y quedando algunos para su custodia vine yo con otros a suplicar a estos habitantes que nos vendieran algún pedazo de tierra para fabricar una casa capaz para el abrigo de los que habíamos desembarcado. Al principio hicieron alguna resistencia, al parecer nacida más de desconfianza que de otra causa; pero luego que procuré con sagacidad asegurarles, quitándoles sus recelos, me concilié la afición de todos en tanto grado que ellos mismos nos condujeron todo el equipaje que habíamos dejado en la cala y nos franquearon una casa en tanto que se fabricaba otra más cómoda.

No podrá expresar, amado Valdemaro, me decía Gésner, con cuánta benevolencia y amor nos trataron estas gentes. Al principio les contenía el respeto, pero con la suavidad y dulzura de nuestro trato fueron perdiendo todo género de reparo, y ya no sabían estar sin nosotros un instante. Las mujeres con sus pequeños tornos, en que hilaban la lana de sus ganados, venían solícitas a cortejar a mi esposa, en tanto que los hombres laboriosos abrían unos la tierra para arrancar piedra de las canteras, otros preparaban la argamasa y otros cortaban árboles para el edificio que se estaba construyendo. En breves días quedó concluido con la suntuosidad que estáis mirando. Satisfice y regalé abundantemente a los oficiales, y a los pobres que no tenían más abrigo que el que les ofrecían sus pobres barracas les di arbitrios y socorros para fabricar casas más acomodadas.

Después de estos favores con que les iba recompensando el que me habían hecho, advirtiendo que sólo pastaban tan amena y dilatada vega dos o tres rebaños de ovejas y que la tierra virgen sólo producía frutas silvestres y algunas pocas legumbres, les fui instruyendo poco a poco en el modo de aumentar el ganado, de cultivar la tierra, de hacerla producir abundantes cosechas, de podar los árboles y de injertarlos para que diesen sazonados y dulces frutos.

La mayor incomodidad que padecían era en el agua. No tenían otra que la que recogían en algunas grandes balsas cuando llovía, y por lo mismo era preciso que la bebiesen cenagosa y corrompida, especialmente en el verano. Para remediar necesidad tan urgente, recorrí con escrupulosa exactitud todo el terreno, y descubriendo señas de humedad y frescura en la falda de aquel monte mandé hacer una excavación y a poca profundidad se encontró una abundante vena de agua. Entonces me resolví a formar aquí el jardín que habéis visto y, para darle mayor realce, uno de los criados que vinieron conmigo, excelente escultor, labró esa fuente de mármol que tanto habéis celebrado, la cual vierte toda el agua que por un canal oculto se le conduce desde su manantial y fertiliza toda esta vega. Obligados los habitantes a mis continuos favores y cuidados, me aclamaron por su legítimo Señor, y sin preceder juramentos ni promesas me están rindiendo alegres el más humilde y voluntario vasallaje.

*Mas nunca hicieron mayores demostraciones de afecto que cuando mi esposa pasó de esta vida mortal a la eterna; parece que la misma enfermedad que la quebrantaba iba ejecutando también sus rigores en los corazones de todos. Hubiéraislos visto embreñarse por lo más fragoso de esos montes, buscando los maravillosos simples que produce la naturaleza, para restablecer su salud. No quedó reptil en el monte ni hierba en el prado que no ensayasen para el efecto: pero, ¡ay de mí!, la enfermedad era mortal y no admitía remedio. Exhaló finalmente su noble alma... Yo recogí entre mis brazos su amable corazón, aquel corazón fiel...*

Aquí hizo Gésner una breve pausa para dar libre curso a las lágrimas y desahogar su oprimido pecho, pero luego prosiguió en esta forma:

*Alrededor de la cama estaban niños, jóvenes, ancianos y mujeres, deseando todos que se les arrancase el alma juntamente con la de mi esposa para evitar el dolor que les había de causar su muerte. No siente tanto el desamparado niño la eterna ausencia de su cariñosa madre como sintieron estas sencillas gentes la de mi esposa; sólo se oían llantos, suspiros y sollozos que despedían de lo más profundo de sus afligidos corazones. Sin embargo os hubierais alegrado,* me dijo, *de ver el modo con que celebraron la pompa funeral.*

*Daban principio al lúgubre acompañamiento los niños con ramos de funestos cipreses; seguían los hombres con los brazos cruzados, caída la cabeza sobre el pecho y coronada de amarga adelfa; luego iban los pastores vestidos de pieles negras, tañendo sus zampoñas en tono lúgubre; seguía el enlutado féretro llevado en hombros* de cuatro mujeres ancianas, ceñidas sus sienes con coronas que se habían labrado de las amarillas flores de la retama; y en pos de él caminaban a paso grave y silencioso todas las demás mujeres, con los cabellos sueltos por las espaldas y sembrados de moradas violetas. Llegaron de esta suerte al sepulcro de piedra que hice labrar para los dos, colocaron en él al difunto cuerpo, cerráronlo con la lápida, quitáronse los funestos adornos que les ataviaban y después de haberlos esparcido sobre el sepulcro, con la misma gravedad que antes me acompañaron hasta dejarme en mi casa.

El luto y la tristeza desde este día se introdujeron en este recinto hasta que, comenzando yo a manifestar el semblante más alegre, volvieron todos a respirar aquel aire sereno y regocijado que antes; pero no han olvidado por esto las memorias de mi esposa. Todos los años en el aniversario de su fallecimiento se juntan los vecinos y con los aparatos de luto van en procesión hasta el lugar del sepulcro. Allí cantan las doncellas algunas endechas tristes, dictadas por sus silvestres musas, y después de haber enramado todo el lucillo de melancólicas flores se vuelven otra vez a sus casas.

Así vivo feliz entre estas sencillas gentes que me honran llamándome su soberano. La paz ha establecido su templo en esta dichosa morada y el contento jamás se aleja de ella. ¡Oh, y cuán distante estaba yo, amado Valdemaro, me dijo, de saber en qué consistía la verdadera felicidad! Si fuera posible que el mismo Cristerno renunciara la corona a favor de Gésner, Gésner la despreciaría muy contento. Nada tienen que ver con la felicidad que aquí se goza el fasto y la soberbia que habitan *en los palacios. Los graves cuidados que despedazan continuamente a los poderosos no saben el camino para llegar a estos países, donde todos sus habitantes viven moderados, laboriosos, pacíficos y alegres. El tiempo no nos parece perezoso como a los que viven en las cortes llenos de ambiciosos deseos, porque nunca apetecemos otro bien que el que tenemos ni nuestras miras se extienden más allá de aquel instante de vida que se nos concede.*

*Feliz seríais, amado Valdemaro,* me decía lleno de un contento inexplicable, *feliz seríais si acertarais a establecer en vuestro pueblo igual felicidad. Esos miserables que no pueden sacudir de su esclavo cuello el duro yugo de Cristerno harían entonces continuos votos por la feliz duración de vuestro reinado, y aún después de muerto existiríais en sus corazones más dignamente que en los mausoleos que erige la vanidad. Vuestra elevación al trono sería de esta suerte como la de aquellas benéficas nubes que se elevan desde la tierra para resolverse en dulce rocío que la fertiliza; elevación bien diferente de la de los inicuos reyes, que como malignos nubarrones sólo despiden torrentes de piedra y granizo para la desolación de los campos. Tal es vuestro hermano Cristerno, que de sus maldades ha hecho escala para subir al trono; pero él caerá ignominiosamente, siendo mofa y escarnio de los pueblos.*

*¡Ay, amado Gésner!*, le repliqué, *tiene Cristerno muy asegurado su trono para que pueda derribarlo ningún contratiempo. Él ha formado todos sus ministros a medida de su corazón, y alrededor de su persona tiene tropas de vasallos fieles que le sostendrán eternamente.*

*¿Cómo podré yo, pues, en ningún tiempo empuñar un cetro tan asegurado? No, no puedo prometerme esta dicha.*

*Os engañáis*, me respondió con cierto aire de majestad que me hizo escucharle con otro respeto, *no conocéis aún el carácter de los aduladores. Esos mismos que andan ahora alrededor de Cristerno con los ojos atentos, observando hasta el menor movimiento para anticiparse a sus deseos Y con la exclamación ente los labios para celebrar cualquiera hecho suyo, esos mismos, al ver balancear la corona sobre su cabeza, serán los primeros que convertirán las espadas contra su real persona. De ninguno recibirá mayores injurias que de esos mismos que ahora tan fácilmente saben acomodarse a sus inclinaciones. Ellos van siguiendo los pasos de su brillante carrera; pero luego que llegue al término, luego que vean cercana su ruina desviarán de él los ojos para fijarlos en vos y tomar como suya vuestra propia causa, semejantes a aquella lisonjera planta que gira conforme los movimientos del sol que la ilumina, pero que apenas lo ve llegar al ocaso revuelve sus hojas hacia el oriente para moverlas con arreglo al nuevo sol que amanece.*

Con tan alegres promesas procuraba Gésner lisonjear mis esperanzas, y queriendo yo replicarle me lo estorbó diciendo:

*Pero, ¿cómo puede estar asegurado su trono como vos decís, si su peana está fundada sobre la maldad, la infamia y el escándalo? El trono que ocupa Cristerno es como aquellas casas edificadas sobre la movediza arena, que el más ligero viento las derriba. ¿Puede estar... ? Pero no, desengañémonos; Cristerno caerá con ignominia como cayeron otros, o violentamente intrusos o que no sostuvieron con equidad el principado que les dio aquel Ser eterno e inmutable que preside en los tribunales de los jueces y que pesa en su justísima balanza las sentencias que pronuncian. Sí, caerá Cristerno y entrará Valdemaro entre aplausos y aclamaciones a empuñar un cetro tan escandalosamente usurpado.*

*¡Qué catástrofe tan feliz entonces, amado Valdemaro!*, me decía, lleno de una confianza que se le manifestaba en su rostro venerable; *Dinamarca convertirá en dulce libertad la injusta opresión que sufre, la paz arrojará de su recinto a la discordia que la domina, las ciencias esparcirán con profusión sus hechiceras delicias, las artes volverán alegres a los talleres que tristemente han abandonado, los campos áridos y estériles se cubrirán de una deliciosa primavera y el Príncipe de la paz derramará por todas partes la abundancia y la felicidad.*

De esta suerte me iba consolando Gésner en los días que estuve en su quinta, al cabo de los cuales me dijo:

*Quisiera que Valdemaro, el hijo del grande Heroldo, no se apartara jamás de la vista del viejo Gésner; pero es preciso que yo sacrifique mi gusto a la felicidad de un pueblo que gime sin consuelo al maligno influjo de un rey tirano. Partíos, amado Valdemaro, partíos al abrigo de esos cuatro vasallos y amigos míos, que os acompañarán con seguridad hasta dejaros en Suecia; pero principalmente poned toda vuestra confianza en la providencia del Eterno, que aparece infinitamente grande en todas sus criaturas. Adiós, amado Valdemaro; permita el cielo que llegue pronto a este secreto rincón el eco del popular aplauso cuando ciña vuestras nobles sienes la corona de Dinamarca; adiós.*

Apretome afectuosamente entre sus brazos, bañome el rostro con sus lágrimas, se retiró a su estancia y yo torné el camino para Rostock».

«Ved ahí cómo el Señor nunca se ha olvidado de vos, dijo el anciano incógnito, que hasta entonces había estado en silencio. Aquel Señor, que muestra su providencia hasta en los más viles insectos de la tierra, nunca os ha perdido de vista, antes os ha conducido siempre al abrigo de sus alas y os ha cubierto con su escudo. Pensabais haber perdido la vida entre aquellos impracticables montes y el Señor os llevó indemne hasta la presencia del piadoso y sabio Gésner para esforzar vuestro descaecimiento y alentar vuestras esperanzas. Nunca deja Dios de proteger al que ama la justicia y aborrece la iniquidad, así corno nunca se olvida de confundir y exterminar a los protervos que tienen la osadía de oponerse a sus leyes; por tanto confío siempre en que Cristerno será arrancado con violencia del trono que inicuamente posee, y Valdemaro entrará a ocuparlo con aplauso universal. Y tanto confío en esto como extraño que, después de ver tan declarada en vuestro favor la providencia de Dios, vinieseis a parar en los términos de desesperación en que os vi. ¿Qué motivos os obligaron a ejecutar tan enorme atentado?».

«Voy a expresarlos, respondió Valdemaro. Me parecieron tan fáciles de cumplir las promesas de Gésner que creí fuera lo mismo embarcarme que llegar a Suecia, prevenir la armada, destronar a Cristerno y empuñar el cetro, pero, ¡cuán errado fue mi juicio! Lo mismo fue embarcarme que arrojarme a mayores conflictos. Venían en el mismo navío algunos pasajeros de carácter no vulgar, y notando mi silencio, mi modestia, mi cortesanía y demás calidades llegaron a tener la curiosidad de tratarme, pensando quizás que yo encubría algo más de lo que mostraba. Una vez entre otras, estando en la estancia del capitán hablando de diferentes asuntos, se suscitó la conversación sobre las revoluciones de Dinamarca, y después de haber hablado yo con bastante indiferencia dijo el capitán:

*Todo me parece muy bien; pero no sé lo que sucederá cuando el rey mi señor llegue a prender a Valdemaro. Inexorable contra él, hará que experimente los tormentos más exquisitos y entonces se desengañará el atrevido vulgo, que le atribuye el infame crimen del parricidio; vulgo feroz que, sin decoro a su rey, no hace sino irritar más y más su justa cólera.*

*Eso sí*, dijo con aire libre un caballero sueco llamado Klingemberg; *muera Valdemaro, mueran sus adictos, no quede vida libre del furor de Cristerno, que aun tal vez no bastará la sangre de todos sus vasallos para extinguirlo, pero mejor fuera que lavara con la suya propia la torpe mancha del parricidio que cometió.*

*Confieso, amable anciano, que quedé sorprendido al ver la libertad con que hablaba el sueco. Todos los de la asamblea quedaron no menos absortos; pero el capitán, más sobresaltado, viendo la suspensión de todos*, dijo con tímida arrogancia:

*Pues, ¿y quién dará fe a esa voz vaga que atribuye a mi rey la muerte de su padre?*

*La confesión que hizo Suenon poco antes de morir,* respondió Klingemberg, *¿será bastante motivo para dar crédito a esa voz que tan vaga os parece Además, ¿qué efecto tuvieron las postas que despachó Cristerno para buscar a Valdemaro? Se cansaron muy pronto; y esto mismo hace tener por sospechosas unas diligencias tan prontamente concluidas antes de lograr el fin. ¿Acaso sabría de cierto su paradero, o sabría ser vana cualquiera solicitud por excesiva que fuese? Hable Ragnan, que ocupa la misma cárcel que dejó Valdemaro; hable su hermana Ulrica-Leonor, que, extranjera en su mismo palacio, sólo encuentra insultos y desprecios...*

*A mí no me toca discurrir sobre las providencias de mi soberano,* interrumpió el capitán confuso; si *tiene encarcelado a Ragnan y si maltrata, como decís, a su hermana, tendrá justos motivos. Mi obligación sólo es obedecer; y pues llevo orden para prender a Valdemaro en dondequiera que le halle, esto es lo que me importa.*

¡Contemplad, amado anciano, cuánto valor era necesario para no desfallecer al oír tan inesperadas razones! ¡Qué violencia no me hacía para reprimir los ímpetus de mi corazón y procurar que no saliesen al rostro a dar algún indicio de mi calidad! Quería salirme de la estancia, y no encontrando pretexto me parecía incivilidad y falta de respeto, por lo que fue preciso estar oyendo con paciencia una conversación tan arriesgada, y más viendo que el capitán estaba tan de parte de Cristerno. Sin embargo, si en aquel lance hubiera podido yo dejar de ser Valdemaro, me habría alegrado de ver cómo Klingemberg acosaba con sus razones al capitán, y cómo este iba copiando en el rostro todos los movimientos de su corazón. Mostrábasele enardecido cuando hablaba, y se le ponía pálido cuando se veía convencer de las razones de su contrario; muchas veces iba a responder, pero no hallando razones eficaces se interrumpía a sí mismo en la mitad de la respuesta.

*¿Y de dónde vienen ahora esas nuevas diligencias?*, le preguntó últimamente Klingemberg.

*Recelo que se habrán hecho nuevas averiguaciones sobre la muerte cuyo autor se disputa*, respondió el capitán.

No hay duda, dije yo con bastante serenidad; el encarcelamiento de Ragnan, el inicuo trato que se le da a Ulrica-Leonor y las excesivas diligencias que se practican ahora para prender a Valdemaro después de tanto silencio dan motivo harto robusto para que se recele alguna importante novedad.

*¿Y qué novedad puede recelarse?*, preguntó Klingemberg. *Si Cristerno, una vez empeñado en la maldad, hubiera dado muerte secreta a Valdemaro en el tiempo que lo tuvo preso, no se vería ahora con estos sobresaltos. Ved ahí toda la novedad. Valdemaro escapó de la cárcel, y como Cristerno no sabe ahora los designios que podrá tener viéndose libre, se siente cruelmente conmovido. Todo le da pena, todo le asusta, los domésticos le atormentan y hasta su misma hermana le asombra. Piensa que ha sido cómplice en la fuga de Valdemaro y la trata como al objeto de su mayor indignación. Estos crueles remordimientos y el pensar que su hermano le ha de quitar la corona que ciñe son los motivos que le obligan a buscarle nuevamente, pero para confundirlo y exterminarlo, porque en tanto que los dinamarqueses*

*ignoren su paradero podrá Cristerno mantener el cetro que empuña...*

Aquí se suspendió un rato y yo, aprovechando el lance, varié la conversación con bastante disimulo, para que no nos interesásemos tanto en ella que fuese yo descubierto; pero en vano procure evadir el peligro.

Venía en la misma nave, con no sé qué motivo, una hija del capitán, de singular hermosura y gentil donaire, pero fácil de enamorarse y más fácil de ejecutar cualquier designio para el logro de sus deseos. Presto hicieron impresión en su alma mi persona y talle, sean como fuesen, y no menos presto la hirió el Amor con sus ardientes flechas. Íbasele haciendo por puntos más penetrante la herida, y conociendo que no era curable si no me la descubría se determinó a ello. No os diré los rodeos y trazas de que se valió para descubrírmela, pero sí que resueltamente me ofreció su mano y su corazón. Quedé admirado de tan impensado asalto, y afeándole su inconsiderada resolución le dije que sola una pasión violenta podía obligarla a elegir esposo tan precipitadamente; que moderase su pasión, porque quedaría desairada y daría parte a su padre para que castigase su desenvoltura. Sonroseose Violante, este era su nombre, y enmudeció por entonces.

Pero como el amor que furiosamente ardía en su pecho no había perdido nada de su voracidad, volvió al siguiente día a repetirme con más eficacia su pretensión. Lloró, rogó, instó, porfió; pero viendo que eran inútiles sus esfuerzos marchó arrebatada de una furia solamente propia de una mujer despreciada, y le dijo a su padre que el incógnito extranjero que se embarcó en Rostock había intentado corromperla por fuerza. ¿Habéis oído, venerable anciano, mayor impostura? ¿En qué pecho podía forjarse sino en el de una mujer lasciva?

No bien hubo el capitán oído la torpe querella de su hija cuando se deja arrebatar de la cólera y manda que me arrojen al mar. He aquí, amable anciano, que toda la chusma arremete contra mí, sin que pudiesen detenerla ni las razones de algunos caballeros ni las voces de mi inocencia; y al tiempo que me tenían en alto para precipitarme, ¡ojalá que lo hubieran hecho!, Berman, uno de los compañeros que me dio Gésner, ignorante de la conversación que había pasado, dijo con intrepidez:

*Mirad lo que hacéis, ¡oh capitán!, que ese caballero es Valdemaro, el hijo del muerto Heroldo rey de Dinamarca y legítimo heredero de la corona que ciñe Cristerno.*

Apenas dijo, se llena de admiración toda la nave, quedan inmóviles los marineros que me tenían asido y por orden del capitán me sueltan de entre sus brazos; pero, ¡ay de mí!, era yo la presa que más ansiaba y manda cargarme de esposas, grillos y cadenas. Yo os agradezco, Berman, la rectitud de vuestra intención, pero me quejo de mi fortuna. ¡Fortuna cruel! Los mismos favores se cambian en agravios cuando de mí se trata».

Quedose aquí Valdemaro suspenso, y temiendo el anciano que su imaginación se fijara sobrado en la consideración de este suceso le dijo inmediatamente:

«Pues, ¿y cómo os librasteis de las cadenas en que os puso el capitán?».

«Una borrasca me dio libertad, respondió, a lo menos dio lugar a que el generoso Klingemberg me pusiera en salvo. Estaba yo encadenado en un oscuro apartamiento, y aunque no veía ni sabía nada de lo que pasaba en el navío, me parecía verlo y saberlo todo. Consideraba cuán alegre estaría el capitán viendo tan felizmente cumplido el fin de su comisión; imaginaba que daría asunto a sus conversaciones la negra infamia con que acababa de cubrirme Violante, y que todos estarían interesados en mi castigo; parecíame que aun aquellos que se me mostraban apasionados se rebelarían contra mí y me creerían capaz de cualquier delito. Estas consideraciones me atormentaban sobremanera y me llenaban el corazón de hiel y veneno.

¿Y cómo la muerte no arrebataba la vida a esa infame mujer antes que forjase contra mí tan bárbara impostura?, decía yo. ¡Así permiten los cielos que se manche la inocencia! ¡No bastaba para mi tormento la sangrienta calumnia de Cristerno, que aún permiten que una torpe mujer me infame! ¿Conque ya estoy abandonado de todos? Sí, desgraciado Valdemaro, los propios y los extraños no buscan sino tu destrucción. ¡Ah, Gésner amable, vuestro amor hacia mí os hizo concebir tan felices promesas, pero mirad cuán bien se van cumpliendo! Vedme aquí sin honra y sin libertad, hecho la irrisión de una vil mujer, el objeto de la indignación de todos y la víctima de un hermano que me persigue. Heroldo, amado padre mío, ¿es esta la corona que me tenías prevenida, son estos...? ¡Ah, y cuándo se acabará una vida que aborrezco!

Así me quejaba yo, cuando de repente oigo una confusa gritería entre los marineros. Observo a breve rato que la nave se movía desordenadamente; los tristes alaridos de la gente consternada, el estruendo de las irritadas ondas, los horribles silbidos de los vientos, el estrépito de los rayos me tenían atolondrado; todos a mi parecer se afanaban por evitar la muerte y yo solo la deseaba, de manera que mucho menos que su tardanza me atormentaban los grillos y las cadenas. Pero, ¿quién era capaz de pensarlo? En tan desesperada situación se me presenta Klingemberg con algunos apasionados suyos, y ofreciéndome su amparo rompen como pueden los hierros que me oprimían, me disfrazan con unos vestidos de marinero y me mezclo con la tripulación, que anda extraordinariamente alborotada con la tormenta.

Aunque agradecí el beneficio, no me satisfacía una vida tan llena de sobresaltos, y más considerando que, serenada la tormenta, había de ser precisamente conocido a pesar del disfraz. Este recelo me hizo tomar un partido harto arriesgado. Había roto ya uno de los mástiles un furioso golpe de viento, y para que no sirviera de embarazo teniendo inclinada la nave hacia el lado en que había caído, lo acaban de cortar y lo arrojan al agua. Pareciome esta buena coyuntura; veíase la tierra poco distante, y mi desreglada fantasía me aparentó posible llegar a ella. Arrójeme sobre el mástil, y trabándolo fuertemente con los brazos y las piernas me dejé llevar al arbitrio de las aguas.

¡Cuán espantosa me parecía entonces la imagen de la muerte! La muerte, que deseaba cuando me venía cargado de hierros bajo el mando de un capitán insolente que no me guardaba sino para hacer un agradable sacrificio a mi hermano, se me aparecía entonces con semblante horrible y sólo procuraba evitarla, pero, ¡con qué trabajo! Las olas, las soberbias olas me pasaban continuamente por encima, su furia hacía revolver muchas veces al grueso leño, mis brazos iban desfalleciendo con la continua fuerza que hacían, y por instantes me iban faltando los bríos para resistir a los terribles golpes de las enfurecidas aguas.

Mas el cielo, no sé si inclemente o compasivo, me dio lugar para que llegase a tomar puerto en la falda de unas altísimas montañas que creo no estarán muy distantes de aquí. Dejeme luego caer sobre una roca oprimido de fatiga, sin poder casi respirar, y entonces me pareció que se desplomaba sobre mí todo el peso de mis infortunios. Ya no sentía vigor alguno en mi espíritu, mis miembros lánguidos y entorpecidos no podían moverse, un humor frío corría por mis venas y mi alma parece que iba abandonando ya el fatigado cuerpo. Todo desapareció al instante de mi vista, tenía abiertos los ojos y nada veía, mis oídos libres no percibían rumor alguno; yo mismo conocía que vivía, pero no podía ejecutar ninguna acción vital. En esta situación, que no sabré explicar debidamente, se me presenta un espectro horrible, tómame por la mano y sin proferir palabra me conduce a una lóbrega gruta. Al entrar en ella siento caer sobre mí un monte de terror, los cabellos se me erizan flojeándome las rodillas, un frío temblor se apodera de todos mis miembros, hiélaseme el corazón y la sangre no acierta a circular por las venas. Penetramos el oscuro atrio y llegamos a un aposento no menos pavoroso que las sombras que habíamos dejado; una débil luz que entraba por la rendija de una pared daba lugar para que se viera lo que en él había.

Veíanse vasos grandes labrados de una materia transparente pero muy oscura; dentro de ellos había pendientes varios anillos de hierro, y arrojadas por el suelo confusamente varias hojas de árboles, de las cuales me parecían unas de higuera, otras de laurel y algunas de salvia. En varios papeles tendidos se veían clavados en orden muchos alfileres sin punta, y de trecho en trecho colgaba alguna larga guedeja de cabellos medio chamuscados. Las paredes estaban manchadas de sangre, y pendientes del negro techo se veían muchas aves agoreras a quienes aún palpitaban las entrañas descubiertas.

No podía yo mirar sin horror aquella espantosa habitación; todos los objetos que veía me llenaban de terror, pero aún más que todo me hacía estremecer el silencio y figura del fatal guía.

*Deja ese vano temor que te perturba*, me dijo a breve rato, *yo sólo pretendo abrirte la más noble y espaciosa puerta que puedas desear para salir de esta vida miserable y librarte de los infinitos e insufribles trabajos que te esperan. Con que cierres los ojos y te precipites valeroso desde la cumbre de ese monte que se eleva sobre todos, te verás libre de tantos infortunios como te oprimen y de los que tu inexorable fortuna te tiene preparados. Yo manejo perfectamente el arte de descubrir los futuros sucesos y desde aquí estoy viendo lo que te falta que sufrir si no abrazas el partido que te aconsejo. Mi nombre es Piromanto, el sabio por excelencia. Intensamente entregado al estudio de la naturaleza, al conocimiento de los mixtos y a la combinación de los elementos, no menos que al movimiento de los astros, he llegado a poseer la ciencia de predicción que tanto acre-*

*ditó a los egipcios, persas y babilónicos. Con ella tengo en mi mano el gobierno despótico de la naturaleza. Al eco de mi voz imperiosa juntan cielo y tierra sus virtudes ocultas para satisfacer mi voluntad. Yo trastornaré de repente la simétrica armonía de las cuatro estaciones del año, el sol parará su curso y enlutará sus resplandores, la luna ensangrentará su faz, los astros torcerán su camino, los montes se desquiciarán estrepitosamente, marchitaré las plantas, secaré los árboles, la tierra se abrirá con violencia y las aguas que avaramente encierra saldrán con ímpetu furioso a inundarla.*

Esto dicho, formó sobre una losa de mármol negro ciertos caracteres confusos que yo no pude entender. Luego arrojó un puñado de no sé qué menudos granos e inmediatamente se encendió una luz oscura que me dobló el espanto.

*Ármate de valor,* me dijo, *no temas.*

Pero, ¿quién no había de temer? Al momento comenzó a estremecerse la tierra con movimientos tan extraordinarios que, faltándome el esfuerzo, caí en el suelo desmayado; mas, ¡ay, adorable anciano, que es muy funesto cuanto se me representó en aquella infeliz situación!

Después de haber navegado por inmensos mares, después de haber sufrido trabajos inmensos me hallé en medio de una plaza coronada de soldados para detener el ímpetu de la gente. Había en ella un elevado trono de oro embutido de diamantes, pero sin que lo ocupase por entonces persona alguna. Cuando lo estaba yo observando todo con atenta curiosidad, oigo un súbito ruido de trompetas, clarines y a tambores, mezclado con unas voces que decían: *Aparta, aparta, paso, paso*. Retirase la gente toda hacia un lado, y al instante veo entrar una lúcida comitiva de grandes que iba delante de un ilustre personaje vestido de púrpura, ceñida su cabeza con una corona y ocupada la mano con el cetro. Con arrogante desembarazo se sienta en el trono y a su rededor toman también asiento los grandes que le acompañaban. Mírolos a todos, y a todos los conozco. ¡Ay de mí!, Cristerno era el que ocupaba el solio. La rabia y el furor estaban copiados en su rostro casi consumido, sus ojos parece que despedían rayos de fuego, sus labios con movimientos convulsivos expresaban la cólera que le devoraba las entrañas.

Inmediatamente veo entrar un terrible cuerpo de guardia que conducía a un hombre y a una mujer, agobiados bajo el peso de las cadenas con que iban amarrados. La compasión me hizo mirarlos atentamente y vi, ¡terrible caso!, que éramos mi hermana Ulrica-Leonor y yo. ¡Qué valor no era menester para presenciar escena tan lastimosa! Intenté salir de la plaza pero mis pies entorpecidos no podían moverse; una fuerza invisible me tenía clavado en el suelo; ni para apartar siquiera la vista me quedaba vigor, ni tenía aliento para invocar a los cielos. Arrojan los dos reos a los pies del rey y el ejecutor de la justicia les corta los cabellos y los esparce por el aire. Desnúdanlos consecutivamente, encienden una funesta pira y los disponen para que a fuego lento exhalen las nobles vidas.

¡Ay de mí! Yo veía cómo, a la manera de dos tímidos ciervos detenidos por los alanos, levantaban sus inocentes gritos hasta el cielo, veía como el voraz fuego iba tostando sus delicadas carnes, cubriéndolas de una negra y horrible costra, veíalos conmover extraordinariamente a la fuerza del dolor y torcer sus cuerpos en violentas posturas, veía cómo sus quemados labios se abrían flojamente sin poder articular palabra... ¡Ay de mí, qué congoja! Amable anciano, y, ¿es posible?... ¡Justos cielos, yo les vi dar el último bostezo... yo mismo... ¡Infelice de mí, con qué agonía despidieron sus generosas almas!».

Aquí se dejó caer Valdemaro medio desmayado sobre los brazos del anciano, regándolos con sus lágrimas, y el anciano le iba consolando amorosamente, haciéndole ver que todo había sido ilusión de su fantasía, exaltada entonces más furiosamente por la profunda meditación de sus desgracias; y luego que lo vio ya más serenado le animó a que diese fin a su historia, como lo hizo en esta forma:

«Concluida la infeliz tragedia, desapareció la visión y yo volví en mi acuerdo, todo cubierto de mortales congojas, penetrada mi alma de dolor y abrumado el cuerpo como si hubiera sufrido los más atroces tormentos. Volví hacia todas partes los ojos despavoridos y al contemplarme solo en el mismo sitio donde me había reclinado, sin descubrir la fatal cueva de donde me parecía que acababa de salir, sin ver persona alguna por toda aquella pavorosa soledad y sin que me respondiera nadie por más que me esforzaba a dar voces, me lleno de terror, y espantado de mí mismo corro desatinado por esos montes, me extravío por los valles más sombríos, insulto a los cielos, provoco a los elementos, llamo a la muerte, y llevado de una desconocida fuerza subo a la cumbre del empinado monte, desde donde me hubiera precipitado si vos, oh amable anciano, no me lo estorbarais con vuestras voces».

# Libro III

Luego que Valdemaro acabó de referir su historia, hizo el anciano algunas sabias reflexiones para consolarle y desarraigar de su alma aquella violenta pasión que le dominaba, cuidando al mismo paso de disponerle para que concibiese una bien ordenada confianza en la suprema providencia.

«¿Quién me hizo desviar tanto ayer tarde de este recinto, le dijo, cuando rara vez acostumbro a salir de él? Llevado de un secreto impulso me fui alejando insensiblemente hasta que llegué a donde unos tristes lamentos fijaron mi atención. Recorrí entonces con la vista todo aquel distrito y os vi cruzar el valle atropelladamente, insultando a la providencia con vuestras desesperadas expresiones. ¡Qué violenta conmoción sintió entonces mi alma! Apresuré mis tardos pasos, y viéndoos correr precipitado hacia la cumbre del monte pensé que ibais a despeñaros. Entonces fue cuando, lastimado de vuestra infeliz suerte, me esforcé a llamaros de lejos para impedir vuestra desesperada resolución. ¿Qué motivo tenéis, pues, para quejaros de la infinita providencia, si cuando con una mano os ponía en los peligros, por decirlo así, con la otra os sacaba de ellos sin lesión?».

«Fue casualidad librarme yo de los riesgos a que me condujo la fortuna, respondió Valdemaro; la fortuna no buscaba sino mi destrucción».

«¿Cómo es eso, replicó el anciano, la fortuna os condujo a los peligros y la casualidad os libró de ellos? ¿Conque hasta ahora no ha tenido que ver con vos la providencia suprema? Si los lances de vuestra vida han sido ordenados por la casualidad y la fortuna, Dios habrá estado ocioso en la eminencia de su trono, mirando las obras de esos dos agentes».

«Pues haced a Dios, si os parece, dijo Valdemaro, autor de todos los acontecimientos que observamos cada día, y nos veremos precisados a decir que es un Dios injusto, porque regularmente vemos oprimidos a los buenos y ensalzados a los malos. Cuando vemos a los hombres disipados y perversos habitar en soberbios palacios, pasearse en magníficos trenes, circuidos de una brillante confusión de criados que los inciensan, colocados sobre las riquezas y los honores, al mismo paso que observamos a los justos caminando sobre la tierra abandonados en la soledad, seguidos de la desolación y del desprecio, ¿diremos que Dios es el autor de estos desórdenes? Y cuando veo a mi hermano Cristerno sobre el trono de Dinamarca, después de haber muerto a su padre y atribuídome a mí la infamia del parricidio, al mismo tiempo que yo voy errante sin más compañía que la de mis desgracias y sin otra esperanza que la de morir desastradamente, ¿tendré osadía para decir que Dios así lo dispone? La fortuna, ese instable monstruo, es el autor de semejantes absurdos».

«Enormemente os engañáis, dijo el anciano, no es de Andrónico tan errónea doctrina. La fortuna y la casualidad, dos entes tan imaginarios el uno como el otro, no son más que monstruosos partos de la ignorancia. Los hombres, obstinadamente ciegos, no podían descubrir la causa de las maravillosas operaciones que admiraban, y las atribuyeron unos a la fortuna y otros a la casualidad.

¡Qué más! El mundo, ese grandioso cúmulo de prodigios en el cual no hay cosa, desde el más luminoso planeta del cielo hasta el más vil insecto de la tierra, que no contenga innumerables maravillas, lo hicieron hijo de la casualidad. ¡Insensatos! ¿Una infinita multitud de átomos, conglobados por la casualidad, formó ese portentoso teatro de maravillas? Pero, ¡eh!, no nos entretengamos en discurrir sobre error tan grosero.

No hay fortuna, hijo mío, no hay casualidad. Todo lo dispone el Altísimo con su sabia providencia; todo lo mueve, todo lo alimenta, todo lo gobierna. Esa inmensidad de objetos derramados sobre la tierra, esa multitud de aves que pueblan el aire, ese brillante cúmulo de luces que vemos sobre nuestra cabeza, todos son reflejos de la infinita luz del supremo Hacedor, y todo está sujeto a su mano poderosa. A la más ligera insinuación de su voluntad el sol se cubre de luto, la noche se viste de resplandores, los vientos forman horrorosas tempestades, las ondas del mar se enfurecen, los cielos se conmueven, los abismos tiemblan, ábrense los sepulcros y la mano de la muerte derriba y sumerge en ellos sin discernimiento a los pobres y a los ricos, a los nobles y a los villanos, a los jóvenes y a los viejos, a los reyes y a los pastores. Habla, y su voz se extiende por todos los extremos de la tierra; manda, y sus preceptos justamente arreglados al nivel de la equidad son ejecutados; su providencia brilla por todas partes.

Ni presumáis que se descuida cuando veis a los perversos seguir impunemente su carrera entre fastos y riquezas, entre honores y placeres; antes bien, aquí es donde más debéis admirarla. Apenas hay hombre, por díscolo que sea, que no practique alguna virtud moral; y como Dios, rectísimo juez que todo lo pesa en su justísima balanza, no deja ninguna obra buena sin su debida recompensa, he aquí por qué veis colmados de bienes a unos hombres que parece no debían encontrar asilo sobre la tierra. Pero, ¿qué bienes son estos? Bienes falaces y caducos, bienes solamente capaces de premiar una virtud pasajera, bienes que jamás llegan a satisfacer el corazón del hombre, y que por lo mismo pueden servirle de despertador para que advierta el camino de la perdición que sigue y emprenda el de la justicia que había abandonado. Y ved aquí uno de los medios de que se vale la divina providencia para procurarnos la verdadera felicidad, al contrario del que suele usar con otros hombres igualmente perversos a quienes sigue la persecución por donde quiera que giren. A todos quiere la bondad de Dios hacernos felices; y para ello suele colmar a unos de bienes temporales, les permite el logro de todos sus deseos, les deja correr por el espacioso camino de los placeres; a otros les hace gemir bajo el peso del infortunio, les abruma con trabajos, les aterra con tal cual golpe de su indignación; a la manera que el diestro cazador, si me es lícito usar de esta comparación, se vale de la dulzura del cebo algunas veces para prender blandamente la caza en el disimulado lazo y otras echa mano del hierro y de la violencia para cogerla con estrépito.

Pero, ¿qué diremos de los justos, de esa porción escogida del Señor? Si los veis gemir ordinariamente entre tormentos, pobreza, persecuciones y destierros, también debéis admirarlo como efecto de la suma providencia, para que con una cristiana constancia hagan mayores méritos y se granjeen para después mayor gloria, y para que vea el mundo que no es feliz el que goza de una salud robusta sino el que dentro de una carne flaca y enferma mantiene una heroica fortaleza; ni los ricos soberbios que habitan en suntuosos palacios donde los placeres, los honores, el fasto y las riquezas andan a porfía, sino el pobre humilde que habita dentro de sí mismo y tiene hermoseada su alma con las verdaderas virtudes; ni aquel a quien una no interrumpida prosperidad va llenando los espacios de sus deseos, sino el que por la escabrosa senda de las adversidades camina plácidamente a la patria de los sabios.

¿Veis, hijo mío, cómo la mano de Dios todo lo dispone con suavidad y cómo igualmente cuida de todas las cosas? ¿Quién puede apartarse de su providencia? Toma alas y elévate sobre las estrellas, transpórtate hasta los extremos de los mares, busca los desiertos más remotos, penetra hasta el más profundo seno del abismo, todo lo encontrarás lleno del espíritu de Dios. Dios es quien lo gobierna todo y todo lo dispone, no la fortuna, no la casualidad».

Así hablaba el anciano, cuando advirtió en la vecina playa una barquilla encallada en la arena y un hombre que iba vagando con los brazos cruzados y caída la cabeza sobre el pecho, señales todas de una profunda melancolía.

«¿Qué destino, dijo, habrá conducido a esta playa aquella débil barca y a aquel hombre que da muestras de estar poseído de la tristeza? Vamos, amado Valdemaro, y sepamos la causa que le ha puesto en tan triste situación; ofrezcámosle nuestras pobres fuerzas para remediarle y todas nuestras lágrimas para consolarle».

Valdemaro, que deseaba saber con ansia quién fuese el anciano, sintió excesivamente este desprevenido lance que le retardaba el logro de sus deseos; pero se hizo fuerza para disimularlos porque contemplaba que debía aprender el arte de reprimirlos a su tiempo y de sacrificar su gusto propio al consuelo ajeno. Sin embargo conoció el anciano su interior inquietud, y para corregirle con disimulo le dijo al mismo paso que caminaban hacia la playa:

«Cuando yo habitaba en las ciudades no encontraba placer que más regalase mi alma que aquella dulce impresión que hacían en ella las miserias de los infelices. Me sentía arrebatar de un gusto extraordinario cuando abría mi pecho y abrigaba en él a los desdichados que no tenían quien les socorriera, y para hacerlo sabía privarme del placer que más pudiera lisonjearme. La más ligera desgracia de mi conciudadano excitaba mi compasión, y pasaban muchos días sin poder entregarme a la más sencilla diversión cuando tal vez había de poner la mano sobre el papel para firmar alguna sentencia de... ¡Qué he dicho, ay de mí! Cuando veáis sobre vuestra cabeza la corona de Dinamarca no endurezcáis, hijo mío, vuestro corazón a los clamores del pobre; compadeceos de las desgracias de vuestros vasallos; vuestros oídos estén siempre abiertos para escuchar las quejas de los miserables, que tal vez gimen inocentes; descargad, sí, el brazo del furor para cortar aquellas manos crueles que se complacen en oprimir a los desvalidos, crueles manos que muestran su poder en ajar una débil caña que apenas puede resistir los más leves impulsos de un vientecillo».

Todas estas razones iban aumentando la admiración de Valdemaro y le hacían mirar en el anciano a algún ilustre personaje. Aquel aire de nobleza que respiraba en todas sus acciones, aquella dulzura y afabilidad que se advertía de continuo en su modesta frente y aquella oculta fuerza con que sus palabras le iban cautivando el entendimiento y el corazón le hacían ver encerrada en su anciano cuerpo una grande alma.

Llegaron a la playa cuando todavía se estaba paseando el sujeto que habían visto. Saludáronse mutuamente con corteses expresiones y luego preguntó el anciano:

«¿Qué causa, oh amable extranjero, os ha obligado a venir a este secreto paraje con ese débil barquillo?».

«Sola mi desgracia, respondió prontamente, pero si tenéis con que reparar mis descaecidas fuerzas, hacedlo por lo que sois, que yo no estoy ahora para contar historias».

Agradole al anciano el gracioso desenfado del extranjero, y obligándole de nuevo con su afabilidad le dijo:

«Los deseos que tenemos de socorreros nos han hecho venir a preguntaros de vuestro destino. Vamos a mi gruta, que allí os daremos liberal y amorosamente cuanto alcancen nuestros cortos medios; y después, cuando estéis de mejor sazón, nos informaréis, si os parece, de vuestras aventuras».

Con esto se encaminaron a la gruta, y luego que el extranjero hubo restablecido sus desfallecidas fuerzas con los manjares que le ofreció el anciano dijo:

«Para no teneros más en suspensión, si es que lo habéis de estar hasta que os cuente mi historia, oídla, que seré breve. Mi patria es Venecia; mi nombre, Rosendo; mis padres, marineros; mi oficio, ninguno, porque aunque al principio me ejercité en la marinería, me cansé luego y me, dediqué al estudio; pero viéndome sin esperanzas de acomodarme por esta carrera, abandoné las escuelas. Estuve después algunos años en casa de un mercader trapacista, pero habiendo hecho bancarrota me hallé otra vez sin arrimo. Quedábame todavía mucha parte de los salarios que había ganado, y no encontrándome bien con una vida ociosa determiné ir por el mundo, como dicen, a probar fortuna. Compré un caballo, me equipé lo mejor que pude y partí al momento sin saber a dónde.

Después de haber viajado mucho tiempo sufriendo inmensos trabajos, entré en Alemania. Al primer día me vi perdido entre unos bosques, sin poder encontrar senda alguna que me condujese a camino seguro, y al doblar la punta de un escarpado monte me hallé a la vista de una vasta y solitaria llanura, cercada de enormes e impracticables montañas que me doblaron el horror; sólo descubrí a lo lejos una casa medio derruida. Encamíneme a ella, y al paso que me iba acercando oía unas débiles voces que no podía percibir con claridad. Apreté las espuelas, llegué cerca de la casa, y parándome atento oí que decían:

*¡Cuán infructuosamente te fatigas, monstruo infame! Antes abrirás mi pecho con ese agudo cuchillo que empuñas, primero derramará tu furor toda la sangre de mis venas que yo me rinda a tus torpes deseos. ¿No te da vergüenza el acometer a una mujer flaca, sola y sin fuerzas? ¿No te llena de rubor el emplear tus bríos contra el esfuerzo débil de una mujer? ¡Cielos! ¿Permitiréis que mi virginidad sea ultrajada por este bárbaro?*

Calló en diciendo esto y yo, impelido de un extraordinario coraje, llamé a la puerta; pero viendo que nadie me respondía, intenté escalar la casa. Un tronco que acaso hallé tendido en el suelo facilitó mi intento. Arrimelo a la pared y a fuerza de brazos me entré por una pequeña ventana en un aposento oscuro, destruido y sepultado en un espantoso silencio; sólo percibí que por una pequeña puerta que se advertía a la mano derecha salían unos cansados y dilatados alientos, como de persona oprimida que apenas podía respirar. Quedé sorprendido del temor, pero a breve rato me acordé de mí mismo, empuñé la espada, y venciendo al temor la osadía embisto hacia la puerta y la derribo de un golpe. Entro al instante y veo una hermosísima señora que ya casi sin aliento forcejeaba por desprenderse de los brazos de un insolente que la violentaba.

Apenas me vio este abandonó a la doncella, púsose en pie y me dijo con arrogancia:

*Hazte hacia atrás, oh tú, cualquiera que seas, hombre atrevido, si no quieres probar los extremos de mi indignación. Esta raya que con la punta de este cuchillo hago en el suelo sírvate de muro que te impida el paso, si no quieres pagar tu atrevimiento con la vida.*

Ninguna de estas amenazas me atemorizó, antes sin responder palabra avancé dos pasos y de un revés le corté el armado brazo; dile inmediatamente una estocada, le atravesé el pecho y lo dejé tendido en el suelo revolcándose en su propia sangre.

¡Que no pueda yo deciros las expresiones de agradecimiento que me hizo la afligida señora!

*Los piadosos cielos*, me dijo, *recompensen vuestro generoso esfuerzo, ya que la fortuna cruel me tiene reducida a tan miserable situación que no puedo recompensároslo. Acabad de ser generoso conmigo, sacadme de entre estos desiertos, no me abandonéis, que si el cielo favorece mis designios os procuraré la mayor fortuna que podáis desear.*

Yo, señora, le dije, soy también extranjero, y no sé en qué parte me hallo; sin embargo prometo llevaros adonde vos queráis; pero, ¿qué desgracia os ha conducido a estos parajes?, le pregunté.

*¡Ah, si lo supierais!*, me dijo...

No pudo proferir otra palabra, porque un torrente de lágrimas le embargó la voz. Procuré entonces consolarla con las más persuasivas razones que pude, saquela de aquella triste casa, montela a grupa y partimos a buscar alguna senda que nos guiase a parte segura.

Hallámosla en efecto no sin mucho trabajo, y nuestros corazones, cubiertos hasta entonces de tristeza, se regocijaron algún tanto.

*Ahora que estamos ya en parte menos peligrosa*, me dijo, *os quiero decir sinceramente quién soy; se os traslucirán de esta suerte las ansias que tengo de seros agradecida.* «*Yo soy Ulrica-Leonor, hija de Heroldo, rey que fue de Dinamarca...*».

«*¡Ay de mí! ¿Qué es lo que escucho?*, exclamó arrebatadamente Valdemaro. *Hermana mía... Amado padre... Cristerno cruel... ¡Qué dolor...! Yo fallezco...*».

Golpe tan imprevisto no podía dejar de abatir al corazón más esforzado. Valdemaro quedó desmayado, Rosendo absorto y el anciano poco menos que confuso; pero este, como tan señor de sí mismo, prontamente supo desembarazarse de la confusión, que no hizo más que pasar rápidamente por su alma sin dejar vestigio. Al instante practicó todas las diligencias que le parecieron convenientes para que Valdemaro volviese en su acuerdo, pero a pesar de todas ellas continuaba en su desmayo. Tal vez daba algunas señales de vida, arrojaba algún profundo suspiro, profería tal cual interrumpida palabra, pero a veces ni aun se le percibía la más leve respiración; hasta que pasado todo el día en repetidos deliquios, cerrada la noche se recobró un poco. Consoláronle con las más sólidas reflexiones y se dispusieron para dormir.

Pero Valdemaro, atrozmente afligido con la memoria de sus infortunios y engolfado en un mar de furiosas pasiones, no podía encontrar sosiego. Incorpórase en la cama, tiende sus descaecidos brazos, reclina la cabeza desfallecida sobre la pared, y reprimiendo la voz y los suspiros dice:

«¿Qué angustia es esta, corazón mío, qué nuevo dolor te aflige? ¡Fortuna cruel! ¿Dónde me ocultaré que pueda verme libre de tu injusta opresión? ¡Ah! En vano procuran persuadirme; nací para blanco de tus iras, sí; Rosendo mismo... ¡Qué nuevas tan infaustas! No sabías tú, Rosendo, a quien contabas tus sucesos, no; tal vez hubieras omitido... Dulce hermana mía, dime, ¿por qué causa...? Pero, triste de mí, ¿quién era capaz de pensar que mi hermana, que Ulrica-Leonor, la hija del rey Heroldo, había de llegar al fatal extremo de verse impuramente violentada por un bárbaro bandido? No, ya no hay sufrimiento para tanto mal, no; Valdemaro, ¿qué esperas ya? Acaba de una vez, empuña un agudo cuchillo, abre con él tu pecho, sí, rásgalo de un golpe, no te detengas... Mas, ¿qué digo? ¿Estoy sin juicio? ¿Deliro? ¡Ah!, ¿qué queréis de mí, Dios mío? ¿Resistiré a vuestra sabia providencia?».

Así habló Valdemaro; las máximas del anciano, aunque tan recientemente impresas en su alma, pudieron evadir los violentos asaltos que le hacían sus antiguas pasiones y le dejaron más capaz de escuchar las voces de la reflexión. Hallábase ya más sosegado y con más libertad para ver las cosas como realmente son; a cuya causa, volviendo a conversar consigo mismo, dijo:

«Mira, Valdemaro, que no puedes vivir tranquilamente un instante hasta que llegues a libertar a tu pueblo de las opresiones de Cristerno. Él es tu pueblo y no puedes dejar de redimirlo aunque sea a costa de tu misma sangre. ¿Será razón que tus legítimos vasallos vivan esclavos de las crueldades del intruso rey? ¿Será razón que aparezcan siempre temblando delante de un infame juez que, lejos de escuchar sus clamores, oye solamente las voces de la torpe adulación? ¿Será justo que sean infelice presa de un tirano? No. Pues, ¿cómo te detienes en esta gruta? ¿Así remedias las ruinas de tu pueblo, así redimes sus miserias, de esta suerte escuchas las querellas de tantos desventurados que gimen amargamente bajo el pesado yugo? ¿Para esto fuiste librado de las cadenas que oprimían tu cuello? ¿Es este el destino que tu hermana...? Mas, ¡ay de mí!, ¿qué nuevos desórdenes habrán sucedido cuando se ha visto mi hermana en la precisión de abandonar el palacio y marchar errante, expuesta...? ¡Dulce hermana mía, cuántos trabajos habrás sufrido, cuántas miserias habrán oprimido tu alma, cuántas noches en continua vigilia habrás pasado suspirando, a cuántos riesgos te habrás visto expuesta! Y quieran los cielos... ¡Infelice de mí!, me estremezco de pensarlo; quieran los cielos que no te haya quitado la vida algún insolente semejante a aquel de quien te libró Rosendo. Sí, posible es; pero, ¿Rosendo no sabe en qué parte te dejó? ¡Oh, cuán necio anduve en no preguntárselo! ¿Dónde estás, hermana mía? Espérame que ya marcho; mañana mismo solicitaré la partida; no será capaz rémora alguna de detener mis pasos».

Dicho esto se tiende sobre la cama, procura desviar de su imaginación ideas tristes, recoge su pensamiento cuanto puede, y un vapor suave se va esparciendo por sus miembros y lo deja rendido al dulce sueño.

# Libro IV

La Desesperación, rabiosa furia infernal, viendo que por el auxilio y máximas del anciano se le escapaba la presa que tantas veces había tenido entre sus manos, se levanta de su asiento perturbada, grita, da horribles silbidos y hace estremecer el abismo. Vístese al momento de una triste ropa teñida de negra sangre, se ciñe con una terrible serpiente y, sacudiendo con entrambas manos sus cabellos enroscados de viboreznos, sale del oscuro centro y con vuelo rápido y lúgubre se endereza a la gruta del anciano. Párase junto a un funesto ciprés y dando un espantoso aullido dice:

«¿Qué es esto? ¿Qué se ha hecho mi antiguo poder? ¿Cómo tan descuidadamente estoy mirando la ruina y eversión de mi soberbio imperio sin solicitar trazas para evitar golpe tan funesto? ¿Sufriré que un caduco viejo arrebate la víctima que iba a sacrificarse en mis aras? ¿Quién habrá en adelante que, a vista de tan extraño ejemplar, ofrezca inciensos ni perfumes en mi augusto templo? ¿Heme olvidado acaso de lo que soy? ¿No soy yo la Desesperación, la misma que ha preparado lazos y hierros para las nobles gargantas y pechos nobles de los más valerosos héroes? ¿No soy yo la que arrojé a Saúl sobre su misma espada? ¿No publica la fama los sacrificios que me ofrecieron Sagunto y Numancia? ¿Publio Licinio Craso no sacrificó su vida en mis sangrientas aras? ¿Eccelino y Catón no derramaron su ilustre sangre...? Pero, ¡triste de mí!, ¿qué importa que en los pasados tiempos se sacrificasen en mis aras tan ilustres víctimas, si se me niega ahora una ofrenda que tantos días hace que deseo? Valdemaro... ¿Podré nombrarlo sin avergonzarme? Valdemaro, que tantas veces ha estado dentro de los atrios de mi templo, retrocede ahora por los consejos y máximas de un viejo que tiene la osadía de oponerse a mis derechos. Pero, ¿sufriré acaso que prevalezca sobre mi poder? No es posible».

Dijo, y batiendo con presteza las negras alas entra por una claraboya en la gruta, penetra hasta la estancia de Valdemaro, pónese a la cabecera de su cama, y hablándole al interior le dice:

«¡Sobre cuán débiles cimientos fundas tus esperanzas, joven infeliz! ¿Aún piensas en Dinamarca? ¿Presumes acaso que las vanas máximas de ese viejo impertinente han de conducirte plácidamente al trono? ¿Cómo contrastarás el poder excesivo y despótico de Cristerno? ¿Qué fuerzas tienes o qué auxilios puede suministrarte ese viejo para invadir Dinamarca? Los consejos de una cabeza débil, ¿podrán facilitarte la victoria? El consejo sin las fuerzas es en la guerra como un alma que informa un cuerpo mutilado, que puede discurrir pero no puede obrar.

Bien sé que para prevenirte de lo necesario intentas marchar a Suecia; pero, ¿quién te promete el arribo? ¿Qué bajel podrá conducirte con seguridad? Ese débil barquichuelo en que tal vez fundas tu confianza, arrojado a la inconstancia del mar, ¿podrás conducirlo a donde quieras? Ciertamente que las sirtes y los escollos le despejarán el paso para que prosiga su curso con felicidad. No, Valdemaro, no; tú has nacido para arrastrar la cadena de las desgracias; ella trae su origen de las estrellas y no hay fuerzas humanas que puedan quebrantarla. Cristerno se ha hecho poderoso, sus vasallos le temen y le adoran, y antes que abandonarlo ofrecerán sus nobles pechos a la enemiga espada. Tu hermana, que podría servirte de algún consuelo, llevada de una locura igual a la tuya quiso marchar también a Suecia; pero la fortuna que jamás le será feliz, después de haberla maltratado por mares y por tierra, la habrá sin duda sepultado en las undosas aguas del Báltico, si ya tal vez armada de fuerza y valentía no ha triunfado de la fortuna dándose a sí misma la muerte.

Este es el único recurso de los que han nacido para ser infelices. La muerte sola puede prevalecer sobre los infortunios, serenar las tempestades de una vida agitada, burlarse de las persecuciones de la fortuna y dar fin a todos los males; los consejos, las máximas y reflexiones no aprovechan sino a las almas mezquinas, que no conocen el verdadero heroísmo. Ese viejo, ese mismo viejo que te aconseja se habría dado mil veces la muerte si no le hubiera flojeado el cobarde brazo a la mitad del impulso; falto de valor para matarse y falto de constancia para sostener el peso de sus miserias, se vio precisado a recurrir a una filosofía salvaje y a una torpe misantropía.

No, no sigas ejemplo tan infame; supuesto que no puedes ser feliz, pues no es posible ni que vuelvas a Dinamarca ni que veas a tu hermana ni que deje de perseguirte la desgracia, sabe atropellar valerosamente tantos obstáculos como se te oponen. Será ignominia que publique después la fama que Valdemaro murió infelizmente a manos de una obstinada fortuna; diga, sí, que supo triunfar de ella noblemente; de esta suerte la posteridad más remota contará al hijo del grande Heroldo entre los más ilustres héroes. Anda, ve; ahora no habrá nadie que te lo estorbe; sube otra vez a la cumbre de aquel monte donde te conduje anteayer y precipítate valerosamente, que del mismo sitio donde quedará tendido tu cuerpo brotará el laurel que ha de coronarte».

Dicho esto sale furiosamente de la gruta, a tiempo que la aurora aparecía. Valdemaro despierta despavorido, los cabellos desgreñados, la frente con sobrecejo, los ojos encarnizados, trémulos los labios y todo él cubierto de un aire lúgubre; parece que las furias habían entrado en su cuerpo para atormentarlo. Con sus terribles gritos hace estremecer las paredes de la gruta, desquicia la puerta y marcha furiosamente, a la manera que el enfurecido león sale de su cueva en busca del cazador que le robó sus cachorrillos. El anciano y Rosendo despiertan sobresaltados, salen de la gruta, y viendo correr a Valdemaro descarriadamente por aquellos montes piensan que ha perdido el juicio. Llámanle ansiosos repetidas veces, pero él, haciéndose sordo, no piensa sino en seguir su fatal destino, hasta que el anciano, viendo que iba seguramente a precipitarse, dijo con una voz fuerte cuyo eco resonó por todos aquellos montes:

«A lo menos aguardaos, y veréis a vuestro amado Andrónico».

Con la misma prontitud que una saeta disparada por mano diestra corta el vuelo a la fugitiva paloma, atravesándola de parte a parte, así el nombre de Andrónico cortó a Valdemaro el paso a la mitad de su furiosa carrera. Párase dudoso a ver si se repetirá el nombre que tan dulcemente ha herido sus oídos; y el anciano entonces vuelve a decir:

«Mirad, hijo mío Valdemaro, que este viejo que os habla no es ya un viejo incógnito, sino aquel mismo Andrónico a quien tanto amáis».

Apenas oye estas últimas palabras, corre desalado hacia el anciano, abrázalo con ternura y ninguno puede romper el silencio. Valdemaro mira atentamente al anciano, repara en su fisonomía, y no acertando a dar crédito a sus ojos pregunta lleno de alborozo:

«¿Vos sois Andrónico, aquel mismo Andrónico a quien mi padre amaba tanto? ¿Sois vos Andrónico?».

«Ese mismo soy», respondió».

«¿Qué esperabais a declararos?, replicó Valdemaro. ¿Cómo habéis tenido valor para retardarme tanto tiempo el gozo que me arrebata? Si os hubiera conocido desde el principio... Pero, ¿cómo era yo capaz de conoceros? Vuestras palabras, vuestra afabilidad, vuestros discursos me parecían de Andrónico, pero el rostro no. ¡Qué sucesos os habrán acontecido desde el día de vuestro destierro! ¿Por qué lances llegasteis a esta deliciosa isla? Decidme... Mas, ¿dónde me extravío? Amado Andrónico, puesto que tengo ya la dicha de veros, dejadme preguntar a Rosendo dónde dejó a mi hermana. ¿Vive todavía, está en salvo? No, no es posible; mi hermana habrá perecido irremediablemente entre las ondas. ¿Cómo habéis llegado vos, oh Rosendo, a esta playa con esa débil barca? Vos escapasteis de la tormenta y mi hermana debió quedar anegada».

No sabía Rosendo qué responderle, porque ignoraba si Ulrica-Leonor habría perecido en el naufragio o si habría tenido la fortuna de salvarse en alguna tabla; pero Andrónico, que por superior conducto estaba informado de su destino dijo con amable gravedad:

«Vuestra hermana vive, vos la volveréis a ver pacíficamente, vuestra cabeza y vuestras manos se verán ocupadas con la corona y cetro de Dinamarca; escuchadme».

No replicó Valdemaro, antes con respetosa sumisión se apercibió para oír a Andrónico, que habló de esta manera:

«Sucedió la muerte de Heroldo. Ya sabréis, oh Rosendo, la escandalosa revolución de Dinamarca por la ambición de la corona...».

«Ya lo sé respondió Rosendo, todo me lo contó la hermana de Valdemaro; no os canséis en repetirlo».

«Sucedida tan infame muerte, prosiguió Andrónico, y colocado Cristerno en el trono, comenzó a introducirse el desorden en el pueblo. Yo, que conocía bien el carácter de Cristerno, pensé al instante que ninguno de los ministros elegidos por Heroldo continuaría en su empleo ni podría formar felices esperanzas ninguno que fuese adicto a Valdemaro. Así sucedió puntualmente.

Estaba yo retirado en mi casa con otros grandes, lamentando la muerte de Heroldo y la desdicha que iba a caer irremediablemente sobre el pueblo. Todos habían oído decir que Valdemaro había envenenado a su padre, pero todos estaban bien lejos de creerlo; y esto ocupaba no poco lugar en nuestras conversaciones. Entró en este tiempo un enviado de Cristerno y me notificó el destierro. Los grandes que estaban conmigo quedaron sorprendidos y no acertaron a hablar: más pena tuve en consolarlos que en sufrir el golpe que cayó derechamente sobre mí. Admití con serenidad la sentencia; y sin dejarme despedir de mi familia me condujeron al puerto, me embarcaron y después de algunos días de navegación me dejaron en una espesa selva que se forma a la otra parte de esos montes.

No sentí por entonces ni la más leve aflicción en mi ánimo. Con bastante resignación pasé los primeros días en aquel solitario paraje. Los diferentes géneros de árboles que lo cubren estaban entonces cargados de sus frutos. El murmullo de sus hojas, mezclado con el lisonjero susurro de los arroyos que corren fugitivos al través del bosque, me llenaba de un contento indecible; sólo sentía no tener instrumentos con que cultivar la tierra y cortar las ramas superfluas de los árboles para que diesen mejores frutos.

Mas, ¡ay de mí! Después de algunos días quedó mi corazón abatido de la más profunda tristeza. Comenzaban las espesas sombras de la noche a desvanecer la luz que dejó el día. Sordos los vecinos montes, muda la selva y sereno el aire, infundían un dulce horror en mi sosegado corazón. Convidada de esta silenciosa quietud, apareció sobre el horizonte la hermosa luna, la cual, llegando sosegadamente hasta la mitad del cielo sembrado de estrellas, ofrecía el más bello espectáculo. El mar tranquilo, a manera de un dilatado espejo, representaba la belleza de todas estas imágenes, cuya contrapuesta variedad añadía nuevo realce a los placeres de la noche. Dulcemente enajenado en tan sabrosa contemplación me sorprende el sueño; pero, ¡a qué mudanzas no están expuestos los gustos de esta vida! Un espantoso estrépito me despierta a breve rato; abro los ojos y veo trocada en tempestad horrible la dulce bonanza que poco antes había dejado. La rápida sucesión de rayos desprendidos con estruendo de los negros nublados, el silbido de los vientos que con incontrastable violencia arrancaban los árboles más robustos, el bramido de las olas que chocaban soberbias con las nubes, los montes del contorno repetidamente iluminados con la funesta luz de los relámpagos me cubrieron al instante de un terror nunca experimentado. Del centro de este terrible desorden oigo salir unos profundos gemidos. ¡Qué nuevo dolor vino a martirizarme! A la reverberación de los relámpagos diviso una nave fluctuando entre las enfurecidas olas, que venía a estrellarse irremediablemente contra la punta del peñasco donde yo estaba. Quería darle socorro, pero, ¡cómo era posible! Retírome a lo interior de la isla por no ver tan funesto espectáculo; espero a que amanezca, vuelvo a la orilla del mar y veo cubierta el agua de cadáveres, tendidos otros sobre la arena, esparcidos acá y allá algunos cables, bancos destrozados, un árbol hecho pedazos, varios remos y una pobre lancha arrimada a las rocas.

Este desorden me reprodujo la imagen de Dinamarca, tranquila cuando la gobernaba Heroldo y combatida ahora de tempestades bajo el mando de Cristerno. ¡Cuánto veneno derramó en mis entrañas esta triste memoria! Desde entonces ya no podía respirar sino un aire contagioso que marchitaba las flores esparcidas sobre la tierra por la mano de la primavera y casi desecaba los frutos que pendían de las ramas de los árboles. Mi espíritu, comprimido de los fantasmas que le sugería una imaginación triste, se confundía dentro de sí mismo y no podía apartar de sí la memoria de la muerte de Heroldo, que le afligía más, sin ponderación, que mi destierro y el desconsuelo de mi familia. Ya no salían de mi pecho más que suspiros amargos, y mis ojos sólo derramaban lágrimas tristes que, a manera de un humor acre y corrosivo, lastimaban mis mejillas y abrían en ellas profundos surcos. Toda la naturaleza se presentaba a mis ojos cubierta de sombras que llevaban consigo el espanto y el terror.

¡Oh soledad!, decía yo un día que me hallaba casi consumido de la tristeza. ¡Oh, triste soledad, y cuán enormemente se engañan los que piensan que en tu recinto se halla el templo de la dulce paz! Allá en el tumultuoso embarazo de la corte, por cualquier parte miraba la imagen de mi dolor, y aquí por todos los espacios de tu imperio veo representaciones no menos funestas. Montes, árboles, arroyos, flores, ¿qué son más que tristes fomentos de las pesadumbres que me devoran? No eres ya para mí, ¡oh soledad!, más que teatro de aflicciones. Pensaba hallar en ti un delicioso cúmulo de objetos que calmara mis desconsuelos, pero no he hallado sino incentivos para mi tristeza. ¡Luego ya no tendré por compañeros sino la sombra y el horror!

¡Oh dura parca! ¡Oh parca inexorable! He aquí los estragos que has ocasionado. ¿Por qué has arrebatado con tan excesiva presteza la vida del que merecía vivir eternamente? ¡Conque nadie puede verse al abrigo de tu rigor, conque por todas partes donde el sol extiende sus rayos y se deja percibir el soplo de los vientos se encuentran destrozos de tu sangrienta guadaña! Debieran sentir solamente tu rigor los malvados hijos que sacan del pecho de sus madres la dulce sangre que les dio alimento en sus tiernos años; las infieles esposas que, después de haber profanado el honrado lecho de sus maridos, tiñen el crudo hierro con su inocente sangre; los díscolos que con aleves homicidios difunden el estrago por la tierra; los hipócritas sacrílegos que se burlan de la virtud y fingen amar la religión por satisfacer sus pasiones; los ingratos que no se atreven a levantar la cabeza para corresponder a quien los sacó del abismo de la nada; los crueles envidiosos que quieren hincar el venenoso diente hasta en el verdadero mérito; los soberbios que sobre las ruinas de los pobres levantan el trono de su caduca felicidad: todos estos debieran sentir justamente tu rigor; pero los inocentes, los que son el honor de sus tiempos, las delicias de la humanidad y la gloria de su pueblo, los que posponen sus bienes a los de la religión, ¿por qué han de sujetarse a tu ferocidad? ¡Oh suerte injusta! Heroldo... ¡Cuán dulcemente suena a mis oídos este nombre tan amable! Mas, ¡ay, que no lo pueden proferir mis labios sin que el fiero dolor redoble los martirios a mi alma! Heroldo, amable Heroldo, ¿también ha sido vuestra vida cruelmente arrebatada por la mano de la muerte? ¡Oh golpe duro, oh bárbara violencia!

Verdes hayas, pomposas encinas, elevados riscos, arroyos bulliciosos, si vosotros conocierais al héroe que nos ha robado la muerte veríais con cuánta razón riegan mis lágrimas la tierra, con cuánta razón llenan mis suspiros los inmensos espacios de los vientos, con cuánta razón levanto mis quejas hasta el cielo, y aun podría ser que acompañarais mis lúgubres lamentos.

Alma mía, alma querida, ¿dónde existes? ¿Ya no tienes ideas agradables y risueñas con que divertir mi imaginación? ¿Se han acabado ya las serias y sólidas reflexiones que solían en otro tiempo suavizar mis pesadumbres? ¡Ay! Cualquier hombre, aun en medio de sus más devoradores pesares, puede hallar en ti los más dulces consuelos; ¿sólo yo vivo privado del mismo bien que tengo dentro de mí mismo? ¡Qué dolor! Alma mía, ¿no me oyes? Si tú no das oídos a mis quejas, ¿quién las ha de escuchar? ¿Podrán oírme por ventura los riscos de esta soledad, cuando mis lamentos parece que se sofocan por el confuso rumor que forma el denso follaje de esos árboles, y mis ayes se confunden con los ecos que me los repiten?

Apenas hube desahogado un poco mi corazón con estas sentidas quejas me recliné sobre el tronco de un antiguo roble para ver si podría tomar algún descanso, pero fue en vano. Los infaustos recuerdos de la dignidad de que había sido injustamente depuesto vinieron a insultarme de tropel y me sumergieron de nuevo en un abismo de tristeza; pero el cielo, compadecido de mi situación, quiso de otro modo fortalecer la debilidad de mi espíritu.

Cerró la noche y de allí a poco comenzó insensiblemente a introducirse en mis miembros aquel vapor suave que suspende nuestros movimientos, y quedé dormido. Al instante se vio mi alma transportada a una desconocida región. Hallose en medio de una espaciosa llanura cerrada con murallas de lúgubres cipreses. Todo el recinto estaba lleno de suntuosos mausoleos, unos en forma de pirámides cuyos vértices casi tocaban las nubes, y otros a manera de altares cuya magnificencia ofrecía la más bella vista. En todos se veían grabados sus epitafios y sobre ellos estaban esculpidas las insignias de los héroes que encerraban. De trecho en trecho notaba sobre la tierra algunos pobres ataúdes cubiertos de lúgubre bayeta, y cuerpos tendidos por el suelo, envueltos pobremente en una túnica miserable.

Paseaba, lleno de pasmo, por aquella lóbrega región. Con la claridad de la luna, que brillaba en medio de un cielo despejado, iba curiosamente notando aquellos soberbios mausoleos, y la curiosidad me hacía leer los pomposos epitafios que en ellos estaban grabados. ¡Qué notable diferencia!, me decía yo a mí mismo. Cuando los hombres comunes y que no han sabido brillar sobre el resto de los mortales yacen olvidados entre polvo, corrupción y gusanos, los grandes hombres, los héroes que han llenado de admiración al mundo, después del transcurso de muchos siglos aún respiran en suntuosos mármoles. ¡Felices aquellos que se hallan en proporción de ejecutar brillantes acciones! Aun cuando la parca injusta no quiera perdonarlos se reanimarán después sus cenizas, y debajo de sus mismos golpes se levantarán con una vida toda inmortal. Yo mismo podría llegar en algún tiempo a inmortalizarme si Heroldo... Pero, ¡ay de mí! En esta región donde estoy olvidado ya de los del mundo sólo tendré una triste sepultura que cubrirá para siempre mi cuerpo y mi memoria. ¿Qué he dicho? Las fieras, las aves de rapiña partirán en menudos trozos mi triste cuerpo, y aun no tendré la dicha de que mis amigos lo envuelvan en algún funesto paño.

Así discurría yo, cuando un ronco y pavoroso viento me sorprende de improviso. La tierra se estremecía bajo de mis pies, los mausoleos temblaban impetuosamente, los cipreses se desgajaban con estrépito y de cuando en cuando se percibía un ruido sordo como de huesos descarnados que chocaban. Al instante se cubrió el cielo de negras nubes y la luna retiró sus resplandores. El horror en medio de la oscura noche, y el pávido silencio de aquellos sepulcros hicieron erizar los cabellos sobre mi cabeza y entorpecieron mis miembros, de suerte que ni aun tenía libertad para moverme.

En tan espantosa situación, he aquí que veo venir a un viejo desnudo, la cabeza calva, la barba blanca, embarazada la mano diestra con una corva guadaña, sosteniendo con la izquierda un reloj de arena y batiendo dos grandes alas que casi le cubrían el cuerpo.

*Tú*, me dijo con voz terrible; *tú, a quien todavía deslumbran las dignidades y los honores tras los cuales corren atropelladamente los hombres, repara si encuentras diferencia entre el polvo del monarca y el del más infeliz esclavo.*

Dijo, y dando un terrible golpe en el suelo con su guadaña cayeron con precipitación todos aquellos soberbios mausoleos y al instante quedaron reducidos a polvo. Doblóseme entonces el terror y mis espíritus casi desfallecieron; sólo pude ver la ninguna diferencia que allí había: todo era polvo, corrupción y podredumbre.

*Anda, ve a buscar por otro camino el templo de la inmortalidad,* me dijo. *He aquí en qué paran los títulos de grandeza que tanto buscan los del mundo. Ellos piensan que después de su muerte vivirán en las historias o en los mármoles que saldrán a porfía de sus canteras para formar otros tantos monumentos de orgullo como los que has visto, pero se engañan enormemente; su vida se acaba en el mismo instante que mueren y su memoria, por más que quede grabada en bronces, no puede tener más duración que la de un breve minuto, si se compara con la eternidad. Yo, yo mismo, el Tiempo, consumo y aniquilo todas las obras que tienen la vanidad por basa; los edificios que se fundan sobre la virtud no están sujetos a mi jurisdicción; pasan hasta la región inmensa de la eternidad y se granjean el título de inmortales.*

Con esto desapareció.

Desperté cubierto de un sudor frío y hallé que el sueño me había sido instructivo. Miré desde entonces con otro aspecto los títulos pomposos de grandeza que antes me deslumbraban; y a poca reflexión acabé de conocer enteramente su vanidad. Este conocimiento me hizo tomar la resolución de recorrer toda la isla y buscar otro asilo más agradable para concluir en él pacíficamente la carrera de mi vida.

En efecto, cuando comenzaba a despuntar la aurora doblo la cumbre de esos montes y bajo hasta la orilla del mar; pero apenas pongo los pies en la enjuta arena cuando sale a recibirme con los brazos abiertos un anciano venerable. Su barba larga y encanecida y su estatura algo encorvada pero majestuosa me llenaron de admiración y de respeto, y mucho más cuando, apretándome afectuosamente entre sus brazos, me dijo con voz trémula:

*Andrónico, Andrónico, vos venís a recoger mis últimos suspiros y dar sepultura a mi cuerpo fatigado.*

*¿De dónde sabéis vos que yo soy Andrónico?*, le pregunté admirado.

*Os lo diré brevemente*, me respondió. *Vámonos a mi habitación y allí os informaré de todo.*

Movió luego sus tardos pies y después de haber descansado un rato en su gruta me habló de esta manera:

*Apenas conocí que todo lo que se reconoce debajo del sol no es más que vanidad, repartí toda mi hacienda entre los pobres y me retiré a esta isla. Escogí este ángulo de tierra, que me pareció más proporcionado para el cultivo, y yo mismo, con un trabajo no interrumpido, lo he dejado en la hermosa disposición que se deja ver, logrando hacer de un terreno áspero una soledad amable donde todas las criaturas me excitan a cada paso los pensamientos más sublimes. El sol que se eclipsa, la flor que se marchita, la hierba que se seca, el árbol que se despoja de sus hojas y la fuente que se agota, todos me predican con un lenguaje sencillo que he de morir algún día y que en un instante he de pasar de este mundo caduco a una región eterna donde han de ser recompensadas las virtudes y castigados los vicios.*

*Desde aquí he visto las revoluciones de Dinamarca, la muerte de Heroldo, las maldades de Cristerno, la desgracia de Valdemaro y las que le han de perseguir igualmente que a su hermana, la degradación y destierro de Andrónico y las opresiones del pueblo.*

Os confieso, señores, dijo Andrónico, que me llené de admiración cuando acabé de oír estas palabras; pero al instante acudió Alberto, que así se llamaba el anciano, y me dijo:

*No os pasméis, que nada hay imposible para Dios. Ese Señor eterno, que no tiene semejante en gloria ni igual en poder ni es comparable en sabiduría ni en bondad, me llamó desde mis tiernos años a la soledad para hablarme al corazón: y he aquí por qué conducto llegué a saber lo que os acabo de decir. El sueño que habéis tenido esta pasada noche me es notorio, no menos que el destino de Valdemaro. Tú lo verás llegar algún día a esta isla acompañado de, la Desesperación, que le irá preparando el camino para su ruina, pero por la providencia de Dios quedará vencida la rabiosa furia. Luego tomaréis vuestro rumbo, encontraréis a Ulrica-Leonor, se doblarán los trabajos, amenazarán nuevos peligros y aprenderá Valdemaro el arte de compadecerse de los infelices; y vos procurad que copie fielmente las virtudes de su padre. Cristerno caerá ignominiosamente desde la eminencia de su trono y Valdemaro entrará como ángel de paz a ocuparlo. De este modo eleva la providencia divina a los virtuosos humillados y abate a los protervos exaltados».*

«¡Oh tierra de Dinamarca, si yo tuviera la fortuna de volver a verte!, exclamó Valdemaro. ¡Oh dulce hermana mía, si yo pudiera encontrarte! Pero, ¡triste de mí!, ¿si serán ilusiones de una imaginación agitada lo que me acabáis de decir, amable Andrónico? ¿Cómo es posible que yo encuentre a mi hermana ni que llegue otra vez a ver Dinamarca?».

«Cuando la relación que me hizo Alberto de las revoluciones y desgracias sucedidas, respondió Andrónico, no fuese cierta, podríamos dudar de sus predicciones. Dejaos gobernar de la providencia divina, mi querido Valdemaro; no hay suceso alguno que no reconozca por principio al supremo y absoluto ser que lo ha criado todo y todo lo conserva maravillosamente. ¿Podremos dejar de ver la mano de la providencia en todos los lances que nos han acontecido hasta ahora? Mas no interrumpamos nuestra narración.

*Vos, oh Andrónico*, me dijo últimamente, *volveréis otra vez al mundo, donde se aman las riquezas, se buscan los placeres, se inciensan los vicios, se desprecian las virtudes y sólo se adora la vanidad y el orgullo. Vos sentiréis extremadamente apartaros para siempre de esta soledad alegre, pero es preciso que la dejéis; vuestra felicidad propia debe posponerse a la quietud de Valdemaro y al sosiego del pueblo. Estas bellezas pasajeras han de caer algún día en el abismo de la nada de donde salieron; sólo las debemos amar en cuanto nos conducen a la contemplación de aquella suprema inteligencia que las ha criado. Si yo no hubiera pensado de esta suerte sentiría dejarlas ahora, pero sé que han de desaparecer para siempre y que yo he de morir, y dentro de breve tiempo. ¿Qué he dicho? En este mismo instante he de habitar en otra región donde todo es eterno.*

*Ya, ya veo venir a la muerte a desatar los lazos que me tienen asido a esta pequeña porción de barro, ya la veo muy cerca de mí, pero no la temo; ella no tiene horrores ni espantos para el que ha vivido bien, antes se aparece con rostro risueño y lisonjero. Andrónico, adiós... no tengo más que deciros. Yo muero contento de haberos declarado la voluntad de mi Dios; el que la obe-*

*dece vivirá feliz... ¡Qué placer oculto siento dentro de mi alma! Adiós, Andrónico... Este feliz desierto, esta soledad deliciosa es herencia vuestra, no tengo más que dejaros... Cuidad de restituir mi cuerpo a la tierra de que fue formado, que mi alma confío irá derechamente a unirse con su criador.*

Dicho esto se reclina sobre mí, tiende los brazos y muere. No podré deciros los afectos de ternura que me causó su dichosa muerte, ni las lágrimas que derramé sobre aquel glorioso cuerpo. La muerte no pudo desfigurarlo; quedó como si estuviera vivo, tan flexible y manejable como antes. ¡Ah, que la muerte de los justos es muy preciosa en los ojos del Señor! En conclusión, di al cuerpo de Alberto sepultura al pie de aquella palma que allí veis. Mirad aquel lirio que ha salido de sus mismas cenizas. ¡Oh lirio misterioso! Tú reproduces continuamente en mi alma la memoria de Alberto. ¡Oh Alberto amable, quién tuviera la dicha de morir como vos en esta soledad!»

# Libro V

Después de haber concluido Andrónico su historia, sólo pensaba Valdemaro en su partida. Las predicciones de Alberto ya le parecían verdaderas, ya falsas; pero sin embargo de esta perplejidad, no dejaba de importunar a Andrónico para que saliesen de la isla.

«¡Ah, Valdemaro, le dijo Andrónico, y cuánto me debéis, cuando por vuestra causa me separo de esta soledad amable, centro de mis inocentes delicias, que por tanto tiempo ha tenido presa mi libertad, mis pensamientos y mis deseos! ¡Oh deliciosa soledad! ¿Conque ya no he de volver a verte?

Adiós, amada gruta; te agradezco el abrigo que me has dado por tanto tiempo, defendiéndome de la incomodidad de las estaciones. Prado ameno, delicioso conjunto de maravillas, han fenecido ya para mí todos tus primores. Las flores y los frutos que brillan a competencia en tu recinto, los bellos matices que te hermosean y todo tu brillante adorno no serán ya más el dulce encanto de mis sentidos. Fuente tan pura como sabrosa, ya no apagarán más mi sed tus cristalinas aguas. Hermosas avecillas, que tantas, veces habéis lisonjeado mis oídos con vuestros suaves gorjeos, adiós. Cenizas amables de Alberto, ya no vendré más a reanimaros con la fuerza de mi imaginación, ni mis ojos verterán más lágrimas sobre vosotras. Y tú, oh lirio siempre verde, perenne testigo de la pureza de las costumbres de Alberto, adiós; el cielo, que ha hecho ya perpetua tu hermosura y tu verdor, quiera perpetuar también la belleza de este sitio para que sea eterna la memoria de Alberto... Pero, ¡ay de mí!, Alberto no se eterniza por medio de unos monumentos pasajeros: vive y vivirá para siempre en la región de la verdad. Adiós, Alberto... Soledad amable, déjame partir; Dios quiere que posponga mi felicidad a la quietud de Valdemaro y al sosiego de Dinamarca».

De esta suerte partieron de la gruta y se embarcaron en la pequeña lancha que había dejado Rosendo encallada en la arena.

Tres veces cubrió la noche con sus sombras la tierra, y aún no habían podido descubrir cosa alguna que les sirviera de consuelo. Sin embargo de que Valdemaro había mostrado tener harto dispuesto su corazón para recibir con serenidad las desgracias y las prosperidades, apenas vio su débil barca en medio de una inmensa llanura de agua, cuyos límites no podía descubrir la vista, comenzó a desfallecer, dejándose rendir a los violentos asaltos de la tristeza. No sabía mirar su navegación sino por la parte de las desgracias, y estas, engrosándose más en su fantasía, le hacían ver como inaccesibles las prosperidades que se le habían predicho. Iban ya desfalleciendo los brazos de todos con el continuo trabajo de los remos, y hallándose sin fuerzas para manejarlos se vieron precisados a recogerlos y dejar correr la barca a discreción de las olas.

«¡Cómo es posible que dejemos de perecer!, dijo Valdemaro con voz moribunda. Errantes, sin descubrir puerto alguno, desfallecidos de fatigas... ¿A esto se reducen las predicciones de Alberto? Andrónico, amado Andrónico, enlazadme en vuestros ancianos brazos, muramos siquiera juntos; sentiré de esta suerte mucho menos los rigores de la muerte que nos amenaza».

«¿Y por qué tan neciamente, dijo Andrónico con voz fuerte, desconfías de la providencia suprema? ¿Son estos los esfuerzos que mostrabais?».

Apenas dijo, cuando vieron venir hacia ellos un poderoso navío a velas tendidas. Alegráronse los corazones de todos y Valdemaro, impaciente, luego que llegó a término donde pudiesen ser oídas sus voces, exclamó:

«Oh vos, cualquiera que seáis, generoso capitán, mirad con ojos compasivos a estos tres infelices extraviados por los mares en este débil barquichuelo; compadeceos de nosotros y recogednos en vuestra nave».

Doliose el capitán de las razones del joven Valdemaro y mandó que los subiesen al navío.

«¿Qué desventura, oh amables extranjeros, les preguntó, qué desventura os ha obligado a fiar vuestras vidas a esa débil barca?».

«Desde una isla desierta, respondió Andrónico, partimos tres días hace para la de Zelandia, que es nuestra patria. Nuestros brazos, cansados de manejar los pesados remos e incapaces ya de oponer nuestra barca a la voluntad de las aguas y de los vientos, la habían abandonado, e íbamos a perecer si el cielo, siempre compasivo, no nos ofreciera vuestro amparo. Quisiéramos hallarnos en mejor fortuna para poder recompensaros más que con el agradecimiento el favor que acabáis de hacernos».

Mandó el capitán que se les diera toda asistencia, e inmediatamente se les preparó un abundante refresco para que recobrasen los desfallecidos espíritus.

Entretanto iba el capitán mirando atentamente a Valdemaro, como quien repara en una persona que ha visto en otro tiempo y no puede acordarse en dónde. «Permitidme, le dijo, que os pregunte si os acordáis de haberme visto en alguna ocasión. ¿Habéis estado otra vez en este navío?».

Después de haber estado Valdemaro suspenso un breve rato, recorriendo con velocidad por todos los sucesos pasados, se levantó de improviso, y estrechando entre sus brazos al capitán le dijo:

«¡Oh capitán amable! ¡Oh Parimando amoroso! Vos sois el que en otra ocasión recogisteis benignamente al infeliz Valdemaro. ¡Qué fortuna ha sido para mí ver segunda vez a un varón tan pío y tan afable para con los desventurados!».

«Con no menos regocijo de mi alma os vuelvo a ver, querido Valdemaro, replicó el capitán; y tanto más me alegra vuestra vista cuanto tenía por más cierta vuestra muerte. O entre las garras de alguna fiera o entre los precipicios de aquellos montes donde os embreñasteis por dar caza a los venados que vimos sobre la costa os contemplaba ya sin vida. Sin duda os habrán acontecido varios sucesos dignos de saberse. Yo deseo que me los refiráis; pero ahora más estaréis para recobraros de vuestras fatigas».

«Así es, respondió Valdemaro; pero sin embargo os satisfaré ahora si lo deseáis».

«No, no quiero incomodaros, replicó el capitán; el sueño va cerrando ya los ojos de todos, y yo sólo quiero ahora que descanséis».

Levantose al momento, y habiendo acomodado a Rosendo y a Andrónico en una habitación se llevó consigo a Valdemaro para colocarlo en otra pequeña estancia inmediata a la suya, y entre tanto le preguntó:

«¿Quién es ese viejo que os acompaña? Su noble fisonomía, la majestuosa gravedad de su talle y el aire desembarazado de sus acciones me maravillan en extremo; no puedo dejar de mirarlo como a un ilustre personaje, aunque disimulado en la modestia y sencillez del traje».

«Lo es a la verdad, respondió Valdemaro. Cuando me hallaba en mi patria en compañía de mis amados padres logré tener por maestro a ese venerable anciano que os causa tanta admiración. Su prudencia y su sabiduría sobrepujan excesivamente a su vejez. Por varios incidentes de fortuna fue desterrado injustamente de su patria, yo le seguí también en ser desgraciado, y después de muchos años que no lo había visto quiso el cielo que lo encontrara para mi consuelo en una isla desierta donde pasaba su vida pacíficamente, lejos de los artificios y engaños del mundo. Es muy larga la historia para que os la refiera ahora; mañana quedaréis informado de todo».

Despidiose el capitán y Valdemaro se dispuso para dormir.

Comenzaba a extenderse el silencio por toda la nave; el sueño iba derramando sus suaves atractivos en los marineros y los iba sorprendiendo entre sus brazos. Las embravecidas olas, no atreviéndose a interrumpir tan feliz quietud, calmaron de improviso y apenas besaban blandamente los costados de la nave; los furiosos vientos se retiraron y vinieron los apacibles céfiros a juguetear con las velas sin ruido. Todo respiraba quietud, hasta el mismo piloto iba cerrando dulcemente los ojos, cuando Valdemaro, inquieto por ciertos desapacibles sueños que le atormentaban, no podía encontrar un instante de reposo. Ya le parecía que la nave iba a estrellarse irremediablemente contra un escollo; ya se veía sumergido entre las olas y que, forcejeando sin provecho por salir de ellas, se le pasmaban los miembros e iba perdiendo por puntos el esfuerzo y la vida; ya le parecía verse separado de su amado Andrónico en un país inculto e impracticable, metido en unos profundos valles desde donde apenas podía descubrir el cielo; ya se miraba traspasado de mil espadas y exhalando últimamente su alma por una cruel herida abierta al impulso feroz de su hermano Cristerno.

Estos funestos sueños le tenían sumamente angustiado y le oprimían de tal suerte el corazón que apenas le dejaban respirar. Despertó despavorido y cubierto de un sudor frío que corría por sus trémulos miembros, y no atreviéndose a dormir otra vez, temeroso de que se repitieran tan tristes fantasmas, se incorpora en el lecho para esperar de esta forma que amaneciese el nuevo día; pero despertaron su cuidado unas lastimosas quejas que salían por entre los resquicios de las tablas que dividían las estancias. No podía percibirlas con distinción por más que reprimía el aliento, porque se confundían con los sollozos de la misma persona que se lamentaba; y arrojándose impaciente de la cama se acerca a la parte por donde salían las voces, aplica el oído a las tablas y oye que decían:

«¡Oh mujer infeliz, y cuán engañada vives! Todos conspiran contra tu propia vida. Tus lágrimas, que bastan para ablandar a las mismas rocas, se desprecian; ni el cielo se compadece de ellas ni los hombres las atienden, hasta la ingrata tierra parece que huye por no recibirlas. ¿Aún tienes esperanza de restituirte a tu patria? ¡Cómo es posible, ay de mí! De una costa en otra, de uno en otro puerto, combatida de tormentas y de naufragios, hecha siempre juguete vil de la fortuna, sin poder llegar, jamás al deseado puerto... ¡Tiranos astros! Si se me negó la dicha de morir juntamente con mi padre... ¡Ay de mí infeliz, cómo no perecí en la pasada borrasca! No sería yo tan desdichada, que ni aun encuentro entre los hombres quién me compadezca. Pero a lo menos, ¡oh justos cielos!, ¿no podíais concederme la fortuna de encontrar a mi hermano? Con él se me harían menos duras estas penas que sufro; su compañía suavizará los rigores con que mi adversa suerte me maltrata».

Al paso que la incógnita se lamentaba iba introduciéndosele a Valdemaro un dulce frío por sus agitadas venas. La tragedia de su padre Heroldo, la infamia de Cristerno, las desgracias de Ulrica-Leonor y sus pasados infortunios se le acordaron en aquel instante más vivamente que nunca; y reflexionando sobre las predicciones de Alberto, se para a dudar si sería o no su hermana aquella persona que hablaba.

«He aquí un hombre, señora, cualquiera que seáis, le dijo pegando sus labios contra las tablas, que no sabrá ponderaros la lástima que le debéis. Si con mi vida pudiera dar alivio a vuestros males, en este mismo instante lo tendrían».

«¡Qué es lo que escucho!, dijo la mujer. ¿Quién sois vos que tan compasivo os mostráis? Mas vos no os compadeceréis, no; tal vez queréis burlaros de esta infeliz... O será quizás ilusión...».

«No es ilusión, interrumpió Valdemaro, ni tampoco soy alguno que quiera burlaros. Soy un infeliz, perseguido como vos de la cruel desgracia, a quien compasivamente acogió ayer en este navío el capitán que lo gobierna, como ya debéis saber».

«Nada sé de lo que me decía, respondió la mujer, porque no quiero que a mis oídos llegue cosa alguna que no pueda servir de alimento a mi tristeza. Las sombras y el silencio de esta oscura estancia son mi mayor consuelo; pero si vos andáis arrastrando también la cadena de las desgracias y mendigando socorros, ¿cómo podéis ofrecer vuestra vida para mi remedio?».

«Como tengo muchas veces experimentado el consuelo que siente un infeliz cuando encuentra quien se duela de sus males, respondió Valdemaro, no quiero privaros del alivio que os puede dar mi compasión. Decidme quién sois y contadme vuestras desgracias, que yo no me arrepiento de haberos ofrecido mi vida para vuestro remedio».

«Bien os las contaría, dijo la mujer, en recompensa de la lástima que mostráis tenerme; pero es muy larga la historia y temo sean oídas nuestras razones de alguno que no sepa lo que es ser infeliz. Mañana podéis buscar ocasión de hablarme y os informaré de lo que deseáis saber».

«No, añadió Valdemaro, no puede sufrir mi curiosidad tanta dilación. Nadie hay ahora que nos escuche; con libertad podéis contarme vuestros infortunios».

«En vano os cansáis, caballero, replicó la mujer. Mis desgracias...».

«No quiero importunaros, señora, interrumpió Valdemaro. Reprimiré mis deseos hasta mañana; pero ahora decidme a lo menos: ¿sois por ventura Ulrica-Leonor, hija de Heroldo, rey que fue de Dinamarca, y hermana de Cristerno, que actualmente reina?».

«¡Extraña pregunta!, dijo la mujer. ¿Cómo puedo yo ser esa que vos decís? Si lo fuera, ¿me hallaría en tan funesta situación? Mucho debe interesaros el hallazgo de esa señora».

«A lo menos, dijo Valdemaro, creo que en verla solamente se había de quebrantar la enorme cadena de infelicidades que me oprime».

«Pues si tanto esperáis de sola su vista, prosiguió la mujer, idos a buscarla allá entre las ricas estancias de su palacio, y no aquí entre las desacomodadas habitaciones de una nave».

«¡Ah, señora, que esa Ulrica-Leonor por quien pregunto, replicó Valdemaro, no se halla entre las delicias de su palacio! Tal vez debe verse en estado más miserable que el vuestro».

«Más miserable no es posible, dijo la mujer; me serviría de mucho alivio sólo el pensar que hay señoras de igual calidad a quienes como a mí persiguen también los infortunios».

«Pues no lo dudéis, replicó Valdemaro; sé ciertamente cuán maltratada de la fortuna se halla Ulrica-Leonor. ¡Ojalá no fuesen tan crueles sus desgracias!».

«¡Ah!, exclamó la mujer, cruelísimas son las que sufre esa señora».

«¿La conocéis por ventura?, preguntó Valdemaro, nuevamente sobresaltado».

«Sí, respondió, y también a un hermano suyo llamado Valdemaro, que corre no desigual fortuna».

«¿Y sabéis en qué parte se halla ese Valdemaro?, preguntó el mismo».

«Ésa es mi mayor pena, respondió. Si lo supiera... ¡Triste de mí, qué martirio es este! A lo menos sería la primera que llevaría a Ulrica-Leonor la noticia del hallazgo de su hermano, y en albricias de tan alegres nuevas, ¿qué podría pedir que no me fuese concedido?».

«¿Luego sabéis dónde está Ulrica-Leonor?, preguntó Valdemaro».

«Lo sé, respondió, y os lo diría si supiera con quien hablo, pero no quiero fiar secreto tan importante a una persona que me ofreció el acaso».

«Y si os dijera en qué parte se halla Valdemaro, dijo el mismo, ¿me diríais en dónde está Ulrica-Leonor?».

«¡Cómo! ¿Que vos lo conocéis?, preguntó la mujer».

«No hace mucho tiempo que lo he visto, respondió Valdemaro».

«Amable extranjero, ¡qué es lo que me decís!, exclamó la mujer. ¿Dónde lo visteis? ¿Está en salvo? ¡Ay de mí!, ¿se acuerda de su hermana? ¿Ha olvidado por ventura los favores de que le es deudor? ¿Cómo no acude a socorrerla? ¿Acaso se ha extinguido ya en él aquella llama que el natural amor enciende en el pecho de un hermano? ¿Qué me respondéis, extranjero? Decídmelo por quien sois; así logréis consuelo en todos vuestros males; yo os diré dónde está Ulrica-Leonor».

No podía Valdemaro fijar su incertidumbre. Hacíase fuerza para creer que aquella persona con quien hablaba era su hermana; pero como se contemplaba tan desgraciado no osaba prometerse tan feliz ventura. El tono de la voz, la dulzura de sus palabras, las predicciones de Alberto, todo le inclinaba a creerlo; pero la poca seguridad que tenía de su fortuna le retraía y le dejaba incierto, y en este interior combate le flojeaban las rodillas, el corazón no le cabía en el pecho, un sordo temblor agitaba sus miembros y casi no podía respirar. Pero, haciendo una breve pausa para serenarse, dijo:

«Si yo, señora, os dijera que este infeliz que os está hablando es ese mismo Valdemaro por quien preguntáis, ¿lo creeríais?».

«¿Quién, yo? dijo la mujer. Sabed que si antes me obligabais con vuestra afectada compasión, ya me irritáis ahora con vuestras indiscretas burlas. A una mujer infeliz no se la debe agraviar...».

«¿Yo burlaros?, interrumpió Valdemaro. Hacedme más favor, señora; creedme, no lo dudéis, yo soy el infeliz Valdemaro, guardadme el secreto. Ayer llegué a esta nave en compañía de Andrónico, primer ministro que fue cuando reinaba mi padre, y de Rosendo, el mismo que arrancó a mi hermana de los brazos de un insolente que quería triunfar de su resistencia. Así supiera yo dónde está Ulrica-Leonor como es verdad cuanto acabo de deciros».

«¡Justos cielos!, ¿qué es lo que por mí pasa?, dijo la

mujer. Valdemaro, hermano mío Valdemaro, ved aquí a vuestra hermana Ulrica-Leonor».

Como el generoso can que, yendo largo tiempo en busca de su amo, si llega a percibir que está oculto en alguna casa grita, da tristes latidos, corre impaciente en rededor de ella, rasca la puerta y no sosiega hasta que le abren, así le sucedió a Valdemaro cuando supo que aquélla era su hermana. Quería pasar inmediatamente a su estancia, pero pareciéndole que no podría llegar tan presto como deseaba, quería romper las tablas que la separaban. Corría de una parte a otra del aposento sin saber a dónde acudir; buscaba la puerta y no podía encontrarla y de esta suerte, embarazándose en su misma prisa, no podía ejecutar nada, hasta que comenzó a dar voces diciendo:

«¿En dónde está mi hermana, en qué habitación la tenéis, valeroso capitán? ¡Qué dilación es esta!».

El capitán, que estaba inmediato a la estancia de Valdemaro, se levanta despavorido, Andrónico y Rosendo despiertan no menos confusos y consiguientemente se alborotan todos los de la nave; pero viendo el capitán que ninguno sabía dar razón del alboroto, mandó que se sosegasen todos. Al instante calmó la confusión y comenzó a reinar otra vez el silencio. El capitán, Andrónico y Rosendo, recelando alguna novedad sucedida en Valdemaro, entraron en su estancia y lo vieron caído sobre el lecho, anegado en lágrimas y casi desfallecido de congoja. Sorprendioles la novedad, y adelantándose Andrónico a tomarle por el brazo oyeron que decía:

«¡Es posible que ni aun se me permita que sus ojos sean testigos de mis lágrimas! ¡Qué rigor es este, que haya de ser tan desgraciado, dulce hermana mía, que teniéndote en este mismo navío no logre el consuelo de verte, de abrazarte...! ¡Ay de mí! Andrónico... ¡Qué angustia! Vos, oh capitán, la tenéis en vuestro poder, ¿y la negáis a mis ojos? No seáis tan cruel».

Un recio desmayo que le sobrevino de nuevo puso fin a sus razones y en confusión a los que le escuchaban.

En tanto que se tomaban las disposiciones para que se recobrase, preguntó Andrónico al capitán:

«¿Tenéis en vuestro poder, oh señor, a la hermana de Valdemaro?».

«Cuatro días hace, respondió el capitán, acogí en este navío a una mujer joven y extremadamente hermosa que hallé sobre la punta de una pequeña isla, la cual, después de haberme mostrado su agradecimiento con expresivas razones, me rogó que la dejase sola en la parte más retirada de la nave, donde ni aun tuviera el consuelo de ver la luz. Yo, con más compasión que la que ella misma se tenía, la acomodé en un pequeño apartamiento, inmediato a este en que ahora estamos; pero sólo he podido saber que es de la ciudad de Copenhague y que se llama Ulrica-Leonor».

«¡Oh sabia providencia del Altísimo!, exclamó Andrónico; esa misma es, oh capitán, esa misma es la hermana de Valdemaro. Mirad, oh Rosendo, cómo se van cumpliendo puntualmente los vaticinios de Alberto».

Entraron luego en la estancia del Ulrica-Leonor y la encontraron desmayada en el lecho y enteramente vestida, porque su dolor no permitía que ni aun para dormir se desnudase. Presto conocieron Andrónico y Rosendo que aquélla era Ulrica-Leonor, porque ni la fuerza de sus desgracias ni la violencia del desmayo habían podido robarle las gracias de que la dotó la naturaleza, antes parece que sus cabellos graciosamente desaliñados, el amoroso desmayo que se veía expresado en su rostro, la languidez de todos sus miembros y las lágrimas que corrían por sus mejillas daban un nuevo realce a su hermosura. Cogiéronla modestamente entre los brazos y la llevaron a la habitación del capitán, adonde habían ya conducido a Valdemaro.

Este fue el que volvió en sí primero; y viendo que su hermana todavía no estaba recobrada, la enlaza afectuosamente entre sus brazos, le baña el rostro con sus lágrimas y la restablece a breve rato. Abrió débilmente sus hermosos ojos y, fijándolos en los de su hermano dice:

«¿Sois vos mi hermano Valdemaro, sois vos? ¿Conque soy yo tan dichosa que os vuelvo a ver, que os hablo, que os estrecho entre mis brazos? ¡Oh dulce esperanza mía! ¿No sois alguna vana sombra que venga a burlar mis sentidos? ¡Ay, que yo recelo mucho de mi fortuna!».

«Yo soy, amada hermana mía, yo soy Valdemaro, dijo el mismo; yo soy vuestro hermano Valdemaro; piadoso el cielo, ha querido unirnos al cabo de tanto tiempo que nos separó la cruel desgracia, y puesto que no nos conduzca al deseado fin nos concede a lo menos la dicha de que padezcamos juntos. Andrónico, el sabio Andrónico, que logramos tener en nuestra compañía, hará menos sensibles las penas que puedan sobrevenirnos; y Rosendo, a quien sois deudora de vuestro honor y de vuestra vida, procurará también consolarnos en nuestras aflicciones».

No pudo Ulrica-Leonor proferir palabra alguna porque se lo impedían sus continuos sollozos; solamente volvía a una y otra parte sus ojos empañados de lágrimas para encontrar al sabio Andrónico y a su libertador Rosendo. Al instante conoció a este, pero jamás pudo conocer a Andrónico porque el nuevo traje y su larga encanecida barba lo habían desfigurado; lo cual visto por él, dijo con una dulce sonrisa:

«No tengo yo, señora, menos parte que vos en la fortuna que acaba de llenar los deseos de ambos hermanos. Sí, aquel Andrónico que conocisteis en la casa de vuestro padre se enaneja de gozo con el feliz encuentro de dos hermanos que tanto tiempo ha se lloran perdidos».

Aquí comenzaron otra vez a inundarse en lágrimas los ojos de Valdemaro y de Ulrica-Leonor; pero Andrónico prosiguió, diciendo:

«Ya sé que el amor que os ha unido en el seno de una misma madre, que los vínculos del cariño que siempre os han tenido dulcemente enlazados no os permiten reprimir el gozo que en este lance inunda vuestros corazones. La alegría de vuestras almas debe ser imponderable, pero es preciso que sepamos disfrutarla con moderación para que no seamos confundidos ni seáis indiscretos. Tan peligroso es dejarnos oprimir de una excesiva tristeza como dejarnos arrebatar de una extremada alegría; la moderación es la que debe regular siempre nuestros afectos. De esta suerte se cumplirán puntualmente los presagios de Alberto, que ya comienzan a verificarse».

Así habló Andrónico, y después de haber mostrado Ulrica-Leonor con las más afectuosas expresiones el contento que le causaba tan feliz hallazgo, y a Rosendo los ofrecimientos que le había hecho en otro tiempo, prorrumpió Valdemaro en estas razones:

«Ya es tiempo, hermana mía, que desahoguéis vuestro corazón y comencéis a respirar con desembarazo. Estoy impaciente por saber qué funestos accidentes os obligaron a dejar vuestra casa y andar tanto tiempo errante. Nuestro capitán se alegrará también de saberlo, Andrónico lo desea, y a estos caballeros que nos honran con su compañía no les será desagradable».

«Así es, dijo el capitán, todos nos alegraremos de saber los varios accidentes que habrán acontecido a vuestra hermana en el tiempo de su navegación, no menos que los que os habrán acaecido a vos desde que dejasteis este navío».

«Satisfaré gustosamente vuestros deseos, respondió Valdemaro, luego que mi hermana nos haya contado sus aventuras».

«Voy a referirlas, dijo Ulrica-Leonor, por complacer a tan ilustre asamblea»; y luego que estuvieron atentos los ánimos de todos, comenzó su historia en esta forma:

«Quisiera poder referiros mis desgracias sin reproducir en vuestra memoria aquellos borrascosos tiempos en que, llevado mi hermano Cristerno de la furiosa ambición del cetro, dio alevosamente la muerte a su padre Heroldo y atribuyó la negra mancha del parricidio a su hermano Valdemaro».

Aquí comenzó a extenderse por la asamblea un sordo murmurio que impuso silencio a Ulrica-Leonor. La admiración se dejó ver al instante en los rostros de todos. Mirábanse asombrados unos a otros, y embarazados de una maravillosa suspensión ninguno se atrevía a hablar. Valdemaro miraba a Andrónico, Andrónico observaba a Valdemaro, Ulrica-Leonor notaba la admiración de todos, y adivinando la causa dijo con aire desembarazado:

«Caballeros, encerrad en los más ocultos retretes de vuestro corazón lo que acabáis de oír; no permitáis que se trasluzca por ningún término. Pensaba que mi hermano os habría informado ya de nuestra calidad; pero por vuestra suspensión he conocido que todavía estáis ignorantes de ella. No me arrepiento de habérosla manifestado, porque sé que vuestra nobleza sabrá cuánto importa guardar los secretos que se os confían».

«Ninguno de vosotros, oh caballeros, dijo entonces Andrónico sin dar lugar a que ninguno hablase, dejará de saber a qué extremos puede llegar una furiosa ambición. El dulce fuego que se oculta en las venas de dos hermanos no arde tranquilamente, devora con furor cuando están penetrados de una ciega ambición. Aún no he dicho bastante; un hijo ambicioso derramará cruelmente la preciosa sangre de su padre para apagar con ella su rabiosa sed. No es menester que tendamos la vista sobre los tiempos pasados para la confirmación de esta verdad. Dinamarca nos da prueba bien costosa de ella: Cristerno, hermano de Valdemaro y de Ulrica-Leonor, nos sirve de ejemplar. No encontrando más medio para subir al trono que el que le aconsejaba su loca ambición, dio la muerte a su padre Heroldo y arrebató la corona que iba derechamente a ceñir las sienes de Valdemaro, y le atribuyó por último la infamia del parricidio. Ved ahí, caballeros, el origen de las desgracias de estos dos hermanos, el principio de mis infortunios y la causa del desorden que experimenta el reino. Valdemaro nos hará el gusto de referir la historia».

# Libro VI

Todos los que estaban escuchando quedaron sorprendidos de admiración. Sus corazones se enternecieron y se sintieron íntimamente penetrados de una respetuosa sumisión hacia Valdemaro y Ulrica-Leonor, sumisión que procuraron manifestar con bien expresivas demostraciones. Inmediatamente comenzó Valdemaro su historia. Contó la muerte que, envuelta en veneno, le dio a su padre, entre las delicias de un convite, el mayordomo cohechado por Cristerno, la enorme maldad de poner preso secretamente al hermano para atribuirle el infame crimen del parricidio, los desórdenes sucedidos en el pueblo, el destierro de Andrónico y de otros celosos ministros, los trabajos que padeció en la cárcel, el modo con que su hermana le puso en libertad, el naufragio que padeció, el arribo a la primera isla y cómo fue acogido en el mismo navío. Sucesivamente contó lo que le acaeció en la quinta de Gésner, el modo con que llegó a la isla donde estaba Andrónico, las maravillas que le refirió de Alberto, la partida de la isla a causa de sus predicciones y cuanto le aconteció hasta que fue recogido en el navío.

Después que Ulrica-Leonor enjugó las lágrimas que le hicieron derramar los sucesos de su hermano, dio principio a su historia en esta forma:

«No tardó a saber Cristerno la libertad de Valdemaro, y recelando que Ragnan y otros caballeros de superior nota habían cooperado a ella los condenó a la misma cárcel que sufrió Valdemaro. ¿Qué fortuna podía caberme cuando era yo la principal autora de su libertad? Sujeta al capricho feroz de un infame parricida, viéndole burlarse de mis suspiros y maldecir las lágrimas que me arrancaban la muerte de mi padre y la desgracia de mi hermano, ¿cómo podía esperar otra cosa que martirios y tormentos?

Llegó a tal extremo la indignación de Cristerno que me vi forzada a dejar el palacio. Ordené secretamente que se aderezase una nave para que me condujera a la Suecia, adonde, como sabéis, había enviado a mi hermano. Embarqueme con felicidad entre el silencio y tinieblas de la noche. Mis deseos no podían prometerse navegación más tranquila que la que nos concedía el cielo. No me cansaba de darle gracias porque me había dado lugar para apartarme de un hermano que se alimentaba de crueldades y delitos, y que prontamente habría bañado sus feroces manos en mi sangre. Pero, ¡triste de mí!, Cristerno supo inmediatamente mi huida, y rabiando de furor despachó al siguiente día una nave con órdenes dirigidas al comandante de mi navío para que al recibo de ellas tomase la vuelta para Copenhague.

Una breve detención que hicimos para dar algunos reparos a nuestro navío dio lugar a que nos alcanzase el enviado por Cristerno. Comandábale Brunswick, hombre adulador que, cooperando vilmente en las maldades de mi hermano, se había sabido ganar su afecto; y solícito en hallar nuevos modos con que agradarle, venía resuelto a poner en práctica su violenta providencia, pareciéndole que, de cualquier suerte que lograse conducirme a Copenhague, se granjearía nuevas recomendaciones para su privanza.

Publicó inmediatamente la orden que llevaba, y el capitán de mi navío, después de haber consultado conmigo y sondeado los ánimos de su gente, respondió con intrepidez que de ninguna manera torcería su destino y que todos los suyos estaban resueltos a ofrecer sus vidas al rigor de las espadas antes que abandonar a Ulrica-Leonor a la furia de su hermano.

Esta respuesta llenó de temor y confusión a Brunswick, y sin resolver se volvió a su navío a tomar consejo. Los de nuestra nave quedaron con cuidado para observar los movimientos de los contrarios, y cuando esperábamos señal para el combate notamos que la discordia se había apoderado ya de los ánimos de todos ellos. Desde el borde de nuestra nave estábamos mirando el sangriento destrozo que hacía la muerte. ¡Qué horror! Por huir del furor de las espadas, cuyos violentos golpes oíamos no sin dolor, se arrojaban al agua muchos de los combatientes. ¡Cuántos cuerpos truncos vimos caer precipitadamente en el mar! ¡Cuántos, cubiertos de sangre, iban vanamente luchando con las olas! Yo misma vi a un joven bizarro atravesar con su espada el pecho de Brunswick.

Muerto este, se cubrió el navío de un pavoroso silencio; solamente se percibían agudos gritos y lastimosos ayes. Abordamos a él y vimos los funestos estragos de la revolución. Toda la cubierta estaba llena de heridos; unos, partida la cabeza y caída la mitad sobre el pecho; otros se revolcaban desesperados, forcejeando inútilmente por arrancarse la espada que todavía tenían atravesada; cuál estaba vomitando sangre por narices y boca, y cuál tenía cortados los brazos inhumanamente. ¡Ay de mí!, mi corazón desfallecía con tan sangriento espectáculo; y la memoria de Cristerno, que lo había ocasionado, me llenaba de indignación.

Entre los pocos que habían quedado exentos de los golpes de las espadas era uno el joven que mató al capitán. Llamábase Federico, y doblando la rodilla me dijo con gentil desembarazo:

*Podéis, señora, seguir vuestro destino con seguridad. Ya no existe ese enemigo de vuestro descanso ni ninguno de los infames aduladores que le seguían. Yo fui el primero que me opuse abiertamente a la resolución que quería tomar de combatir con vuestro navío para poder llevaros, con vida o sin ella a la presencia de vuestro hermano. Los que se preciaban de nobles y de leales desenvainaron al instante la espada para defender vuestra causa y la mía; los contrarios, infame y cobarde chusma de aduladores, empuñaron también la suya para defender a su capitán; y ved ahí cómo se trabó el choque cuyas funestas resultas estáis mirando. Estas pocas reliquias que ha perdonado el furor de las espadas están prontas para ejecutar cuanto dispusiereis, y no dudarán en ofrecerse al fuego ni al hierro por salvar nuestra vida.*

Agradome el aire y el desembarazo del mancebo, y agradecida a su generosa acción mandé que limpiasen el navío y que se dispusiesen para acompañarme. Repartida la gente en los dos navíos y habiendo mandado a Federico que se pasara al mío, nos hicimos a la vela contentos y satisfechos de la victoria; pero, ¡ay de mí, que fue muy funesta para todos! Parece que desde entonces se conjuró el cielo contra nosotros. Una furiosa borrasca transportó la nave que nos acompañaba a donde no la vimos jamás, y la que conducía a esta desdichada anduvo dos días abandonada al viento y a las olas. ¡Cuántas veces nos vimos a pique de anegarnos! Toda la industria de los marineros no fue bastante para resistir a la violencia de la tempestad, y se rindieron finalmente, faltos de fuerzas y de esperanzas de salvarse.

¡Justos cielos!, decía yo. ¿Qué delito ha cometido contra vosotros esta infeliz para que así la llevéis errante por estos borrascosos mares? El pérfido Cristerno ha de estar anegado en delicias y placeres en su palacio, y esta desventurada, que no tiene más culpa que haber sido compasiva con su hermano Valdemaro, ¿ha de ser tan tenazmente perseguida?

¡Infelice de mí! Estas voces parece que no salieron de mi pecho sino para irritar más la cólera de los cielos. Apenas acabé de proferirlas cuando un furioso huracán arrebató la nave y la estrelló contra unas rocas. Hubiera yo perecido irremediablemente si Federico, que pudo asirse de una tabla, no me hubiera socorrido, pero a pesar de esta fortuna yo no sentía en mi corazón ninguna esperanza de salvarme. La borrasca, lejos de serenarse, se enfurecía, y en vez de acercarnos a tierra nos engolfábamos más. En vano procuraba Federico infundirme alguna esperanza; yo no podía mirar sino la cruel muerte que me amenazaba.

Mas, ¡oh providencia inescrutable!, después de haber sido todo aquel día infeliz juguete de los vientos y de las aguas, llegamos a las costas de Alemania. El viento soplaba más moderado y las olas se movían con más suavidad. Comenzaron a disiparse las nubes que oscurecían el cielo, el sol iba extendiendo por el horizonte sus dorados rayos y nosotros llegamos en fin a poner los pies sobre la enjuta arena.

Aunque fue imponderable nuestra alegría, no tardó mucho a sobrecogernos el más amargo desconsuelo, viéndonos en un paraje desierto, sin recurso alguno para restablecernos de la debilidad de nuestros cuerpos. Queríamos subir a lo alto de un montecillo para ver si descubriríamos alguna choza donde abrigarnos, pero nos hallábamos sin fuerzas para ejecutarlo Porque apenas podíamos dar paso sin dolor. Si Federico, más intrépido, no hubiera tenido valor para subir, hubiéramos perecido sin remedio aquella noche, pero habiendo descubierto una llanura bastante dilatada y poblada de algunas caserías y otras rústicas habitaciones, nos encaminamos hacia ella.

Llegamos a una quinta bellamente situada, donde para suavizar con las delicias del campo las tristezas de su viudez vivía con su familia una señora llamada Casimira. Al punto que entrábamos en una grande plaza cercada de pomposos árboles, que había enfrente de la puerta, salía una señora en cuyo rostro brillaban a competencia las gracias de la juventud y la hermosura. Cubríale la cabeza un pequeño sombrero de color azul ceñido de un rico cintillo de diamantes y guarnecido por una parte de trémulos penachos que ofrecían una hermosísima vista; llevaba en la mano derecha con gentil donaire un delgado palo de marfil y en la izquierda un ramillete de exquisitas flores, circunstancias que añadían un nuevo esplendor a la elegancia de su talle. Llamábase

Narcisa y era la hija de Casimira, que en compañía de dos criadas estaba ya para salir a la ordinaria diversión del paseo.

Si os mueven, señora, a compasión, le dije, los infelices que gimen bajo el peso de una cruel fortuna, muévaos esta desdichada hija del muerto Heroldo, rey de Dinamarca; así conserve el cielo largos años vuestra gentileza.

Quedó Narcisa admirada, y tomándome por la mano, me dijo enternecida:

*Aunque no fuerais quien sois, os socorrería con la mayor complacencia; bástame veros reducida a tan infeliz situación.*

Llevonos a una hermosísima sala donde estaba Casimira su madre. Era una señora todavía bastante joven, y en su rostro se descubrían aún restos de hermosura; su vestido era sencillo y modesto, de color oscuro con que mostraba el desprecio que hacía de los vanos adornos y cuán rigurosamente observaba las estrechas leyes de la viudez. Estaba entonces con la aguja en la mano, enseñando a bordar a una porción de jóvenes doncellas, vasallas suyas y habitantes en las caserías comarcanas.

*Aquí os traigo, madre mía*, le dijo, *el presente que más lisonjea vuestro corazón. Podéis ejercitar vuestra noble conmiseración en estos dos infelices que acaban de llegar a nuestras puertas a pedir socorro; y si supierais la calidad de sus personas, aún se excitaría más vivamente vuestra compasión.*

*Bástame saber, oh hija, que son infelices*, respondió Casimira. *Los infelices siempre encontrarán abrigo en mi pecho; vuestro hermano tal vez se debe hallar ahora en situación no menos funesta. ¡Ay de mí!, dulce hijo mío...*

Un arroyo de amorosas lágrimas comenzó a correr entonces por los rostros de madre e hija. Los suspiros que tiernamente despedían no daban libre salida a las palabras, y se vieron obligadas a callar por un breve rato; pero de allí a poco nos dijo Casimira:

*Sosegaos, hijos míos, y descansad de vuestras fatigas, que en mí hallaréis una madre que sabrá consolaros. ¿Sois hermanos por ventura?*

*No señora, no lo somos*, le respondí. *Este es un caballero a quien soy deudora de la vida que disfruto, y yo soy la desdichada Ulrica-Leonor, hija de Heroldo, rey que fue de Dinamarca, y hermana de Cristerno que actualmente reina. No lo dudéis; el cielo corte en este instante el hilo de mi vida si no es verdad lo que acabáis de oír.*

¿Podré ponderaros los efectos que causaron mis palabras en los delicados corazones de aquellas señoras? La compasión y el respeto andaban en ellas a porfía, y ambas solícitas iban dando órdenes a las criadas para que dispusiesen cuanto podía conducir a nuestro regalo. Al instante nos hicieron mudar los vestidos que llevábamos mojados, e inmediatamente nos fue preparada una sabrosa y abundante comida.

En el discurro de ella me iba preguntando Casimira con discreta sagacidad el origen de mis infortunios y los lances que me habían acontecido en el tiempo de mi navegación, y yo sucesivamente le iba dando razón de todo lo que habéis oído hasta este punto.

*Pensaba ser yo la única*, me dijo, *que con más motivo podía quejarse de su fortuna, pero ya veo mi engaño.*

*En breve tiempo perdí un hijo a quien amaba tierna-*
*mente y un esposo que era el único apoyo de mis cuida-*
*dos; pero a lo menos me ha conservado el cielo en mi*
*propia casa, en donde no me falta más que la posesión*
*de las dos prendas que lloro. Mis criados me sirven con*
*fidelidad y me aman con ternura, y la compañía dulce de*
*esta hija que me ha quedado suaviza los sentimientos de*
*la muerte del esposo y los rigores de la pérdida del hijo.*
*Pero vos, oh señora, sois mucho más infeliz. Perseguida*
*de vuestro mismo hermano y abrumada con el peso de*
*tantos desastres, no encontráis donde fijar el pie con*
*seguridad y gozar tranquilamente de la vida que os ha*
*conservado el cielo. Mas ya podéis, señora, vivir sosega-*
*da; estad segura de que esta, desde hoy ya vuestra casa,*
*os será más agradable de lo que os ha sido vuestro pala-*
*cio. Contadme por vuestra amiga o por vuestra criada;*
*en lo demás podéis mandar como señora que os hago*
*desde ahora. Ese caballero a quien debéis la vida, como*
*habéis dicho, quiero que me sea también deudor de los*
*ofrecimientos que con toda la sinceridad de mi corazón*
*os acabo de hacer; así conceda el cielo a mi hijo como-*
*didad igual dondequiera que se halle.*

No pudo aquí Casimira reprimir las lágrimas. La relación de mis infortunios le representaba tal vez los que
debía de sufrir su hijo, y esta funesta imagen la tenía sin
consuelo.

*En el mismo día, me dijo sollozando, que contaba mi*
*hijo los dos años de su edad di a luz a Narcisa, que es*
*esta que tenéis en vuestra presencia; pero el cielo, sea*
*que no supe disfrutar con moderación el placer que me*
*causaban mis dos hijos, sea que quiso castigar alguna*

oculta ofensa que le hice, me privó en breve tiempo de la compañía del esposo y de la vista del hijo. Mi esposo fue muerto en una guerra civil que hubo en Stetin, donde nosotros residíamos entonces, y mi hijo, siendo de edad de ocho años, desapareció de casa. Este fue para mí el día más amargo. La pérdida del hijo reprodujo más vivamente la muerte del esposo, y en aquel mismo día parece que acababa de perder a entrambos. Ningunas diligencias fueron bastantes para encontrar al perdido hijo, ni tampoco fueron suficientes las reflexiones más serias para consolarme. Entregada continuamente al llanto y al dolor, no podía hallar momento de quietud hasta que resolví retirarme a esta agradable porción de tierra donde ha quince años que habito con más serenidad de espíritu.

¿Y sabréis decirnos, señora, preguntó Federico, de qué modo se extravió de casa vuestro hijo?

Jamás he podido saberlo, respondió enternecida; sólo pude averiguar, después de las más vivas diligencias, que lo habían visto en compañía de otros muchachos en las riberas del Óder, donde se celebraron aquellos días unas solemnes fiestas.

¡Qué ideas me renováis, señora!, dijo Federico conmovido. En esas mismas fiestas me encontré yo, siendo de la misma edad que vos decís tendría entonces vuestro hijo. ¿Sería tal vez alguno de los que se embarcaron conmigo? ¿Cómo se llamaba?

Federico, respondió Casimira.

¡Cielos!, dijo el mismo; no había en mi compañía otro de este nombre más que yo.

¡Dios inmortal!, exclamó Casimira sobresaltada. *¿Federico os llamáis? ¿Estuvisteis en las fiestas del Óder, y teníais ocho años no más, y os extraviasteis en compañía de otros muchachos? ¡Corazón mío! ¿Qué dulce, inquietud es esta? ¡Qué débiles esperanzas...! Pero decidme, caballero: ¿habéis visto desde entonces a vuestros padres?*

*No conocí más que a mi madre*, respondió Federico, *y no la he visto ya más desde entonces.*

*¡Cielos santos!*, exclamó Casimira, *¿podré creerlo? El tono de la voz, las facciones del rostro, todo es de su padre. Narcisa, dulce, hija mía, ven acá, sostenme... Federico, conserváis una cicatriz en el pecho...*

*¡Madre mía!*, dijo Federico entonces, arrojándose a Casimira, *¿soy yo vuestro hijo? ¿Sois vos mi madre?*

Ninguno pudo proferir ya otra palabra, ni yo podré tampoco pintaros tan dulce y afectuosa escena.

«Así lo creemos, señora, dijo el capitán; semejante placer ni aun sabe expresarlo el mismo que lo experimenta; pero, ¿contó después Federico el modo con que sucedió su pérdida?».

«Sí, respondió Ulrica-Leonor. Acompañado de algunos muchachos de su misma edad marchó sin licencia de su madre a ver las fiestas que se celebraban en las riberas del Óder; pero, fastidiados pronto de ver los juegos que se hacían, se separaron del concurso y marcharon a lo largo del río. Al cabo de un dilatado espacio encontraron una lancha arrimada a la margen, y viendo que por allí no había persona alguna que pudiera divisarlos se entraron en ella y le cortaron la amarra que la detenía.

No tenían sus tiernos brazos bastante fuerza para

manejar los remos ni sabían el arte de marear, a cuya causa la corriente del río se los fue llevando insensiblemente hasta que los introdujo en el mar, y hubieran perecido a no socorrerles una nave dinamarquesa que encontraron. Condujéronlos a la isla de Zelandia donde, viéndose sin recurso para volver a su patria, determinaron continuar en la marinería, alistándose para servir al rey mi padre en la guerra. De esta suerte sucedió que Federico se encontrase en la nave que mi hermano Cristerno despachó para que me apresara y condujera a Copenhague; y sucesivamente acaeció lo que habéis oído hasta que por particular providencia del cielo llegamos a la quinta de Casimira, madre de Federico».

«¡Cuán admirablemente se deja ver la providencia en todas las cosas!, dijo Andrónico en este punto. A la compasiva Casimira parece que no le faltaba para su felicidad más que el hallazgo de su hijo; y la providencia, por conductos escondidos a nuestros ojos, lo conduce a su misma casa y lo coloca en su amoroso regazo. ¿Qué, aquella noble generosidad con que socorría a sus prójimos no le había de granjear las bendiciones del cielo? El cielo nunca deja de recompensar el mérito de la virtud. Con un solo golpe de su equidad premia la conmiseración de Casimira y alivia la aflicción de Ulrica-Leonor y de Federico, que esperaban en su providencia».

«Así es a la verdad, dijo Maximino, uno de los caballeros que iban en la nave. Pero, ¿por qué ha de mantener Dios tanto tiempo elevados a los impíos sobre el monte de la prosperidad y ha de permitir que los justos anden abrumados con la pesada carga de los infortunios?

Los buenos, viendo una permisión que parece injusta, son capaces de arrepentirse de su conducta y tal vez de envidiar la suerte de los malvados. ¿Por qué el perverso Cristerno ha de seguir una vida brillante entre las delicias de su palacio, rodeado de guardias que le defienden y de cortesanos que le adulan, en tanto que sus hermanos Valdemaro y Ulrica-Leonor andan arrastrando la pesada cadena de las desgracias? Esta condescendencia de Dios con los impíos es capaz de trastornar el ánimo de los justos, y tal vez de hacerles concebir alguna duda sobre su equidad».

Alegrose Valdemaro de que Maximino suscitara este punto, porque aunque ya lo había tratado Andrónico en otra ocasión, no había quedado bastantemente satisfecho y deseaba que lo explicase más para que no reverdecieran en su ánimo sus antiguas desesperaciones. Andrónico no se alegró menos, viéndose en ocasión de hablar sobre un asunto que deseaba dejar bien declarado para el aprovechamiento de Valdemaro y de Ulrica-Leonor; a cuya causa dijo con amable despejo:

«La misma diferencia que hay entre la vana prosperidad de los malos y la verdadera felicidad de los justos es bastante solución a la duda que habéis propuesto. La prosperidad de los impíos es como la flor que se abre por la mañana, se marchita al mediodía y se seca al anochecer. Su grandeza sólo sirve para deslumbrarlos; y por más que se elevan ahora sobre los montes de la fortuna, presto desaparecerán como aquellas exhalaciones salidas de la tierra, que en llegando a cierta distancia se desvanecen. Irase después a buscar el sitio donde existieron, se requerirá el lugar donde disfrutaron sus placeres, pero ni aun se encontrará el menor vestigio.

¿Qué fortuna es esta para que la envidien los justos que esperan en el Señor y tienen cifrada toda su gloria en complacerle? Estos bien miran la prosperidad de los impíos, pero lejos de envidiarla la compadecen, porque conocen la rapidez de su duración y saben que, a la manera que el diestro labrador arranca de sus campos los árboles infructuosos y podridos, arrancará Dios a los malvados del centro de sus placeres.

Mas aun cuando la prosperidad de los impíos compitiera con la duración de los tiempos, ¿qué podría tener de común con la sólida felicidad de los justos? Los impíos, aun cuando corren sin tropiezo por el camino de sus deleites, no pueden encontrar una leve porción de aquel placer puro que gozan los justos en medio de sus mayores aflicciones; su mordaz conciencia les corroe continuamente; y sus artificios, sus cábalas, sus enredos son otras tantas furias domesticas que los despedazan. Una débil nube que salga a disputarle la claridad al sol piensan que ha de resolverse en rayos para aniquilarlos; la más ligera ráfaga que forma el viento les parece un huracán furioso que ha de arrancarles la casa desde sus cimientos; al ruido más leve se estremecen, les asusta cualquier rumor y al más ligero golpe se agitan y se conmueven.

Pero los justos, que solamente viven al abrigo de su Dios, nada reconocen sobre la tierra que pueda perturbarles aquella dulce paz cuyas delicias, más suaves que todos los placeres, gozan sin interrupción. Que los mares traspasen sus límites e inunden la tierra, que las fieras habiten las casas de los hombres, que el curso de los planetas se trastorne, que el movimiento de los cielos se desordene y que todo se desplome sobre la tierra; ellos, siempre inalterables, levantan humildemente los ojos a su Dios, de quien sólo dependen y de quien únicamente esperan el consuelo. La firmeza de su corazón nunca se abate y su alma siempre se ve colmada de dulzuras. Maquinen sus enemigos los más perversos designios, ármenles lazos para prenderles, llenen de tropiezos todos los caminos para precipitarlos; el Señor que se lisonjea de guiar sus pasos hará que caminen sin lesión sobre los mismos peligros y los sacará indemnes de todas las asechanzas.

Valdemaro y Ulrica-Leonor, cuyas desgracias, ocasionadas por la ferocidad de Cristerno, tanto han desazonado vuestro ánimo, nos sirven de ejemplar que confirme las verdades que os acabo de decir. De la oscuridad y lobreguez de la cárcel en donde Cristerno tenía sepultado a Valdemaro lo sacó Dios por medio de Ulrica-Leonor, y en todos los naufragios que ha padecido hemos visto que el Señor lo ha sacado a salvo por encima de las mismas ondas enfurecidas. Su inocencia ha salido inmaculada por más que procurase mancharla su hermano con la infamia del parricidio. Y para acabarnos de convencer de que el Señor se burla de los esfuerzos que hacen los malvados para exterminar al inocente, pongamos no más la vista en Ulrica-Leonor, cuando salió libre de las sacrílegas manos que querían ultrajarla y de la impía chusma que intentaba prenderla para entregarla a la furia de Cristerno.

Concluyamos de una vez. Los impíos serán arruinados dentro de breve tiempo y los justos poseerán pacíficamente aquella herencia incontaminada que Dios les reserva. No envidiemos la vana felicidad de los impíos, ni vosotros, Valdemaro y Ulrica-Leonor, tengáis celos de la caduca prosperidad de vuestro hermano. Aunque le veáis ahora exaltado sobre el trono de majestad, bien así como lo está el cedro junto a las frescas corrientes de un arroyo, presto lo veréis despojado de su lozanía. Su soberbia será humillada y el golpe de su caída será tanto más ruidoso cuanto fue más violenta su elevación. En vano se buscará después el lugar que ocupaba, porque ni aun se encontrará el menor vestigio; y si tal vez quiere alguno encomendar a la posteridad las memorias de su reinado, sólo será con estilo de horror, para que sirva de funesto ejemplar a los ambiciosos.

Y cuando el impío será exterminado después de un breve aunque brillante curso de vida, cuando sobre sus mismas ruinas se levante el justo perseguido y humillado para vivir tranquilamente en la región eterna de la paz, ¿podremos decir que Dios no procede con equidad? ¿Y serán capaces los justos de envidiar la falsa felicidad de los impíos, sabiendo la excesiva diferencia que hay entre una y otra? ¿Podrán Valdemaro y Ulrica-Leonor tener celos de la favorable fortuna de su hermano? Valdemaro y Ulrica-Leonor piensan de otro modo, y más bien querrán vivir abatidos en la casa de su Dios que exaltados en los palacios de los protervos».

«Celebro vuestro discurso, amable caballero, dijo Maximino; pero sabed que más os he provocado para que esforzaseis los ánimos de Valdemaro y Ulrica-Leonor que para que me convencierais de una verdad que creo sin disputa».

«Os agradecemos vuestro celo, dijo Valdemaro, y estimamos sobre toda ponderación el cuidado que tenéis de nuestro sosiego. Pero dejemos ahora, si os parece, que prosiga mi hermana su historia, que estoy impaciente por saber el fin».

«Estamos contentos de ello», respondieron todos.

Y anudando Ulrica-Leonor el hilo de su razonamiento, dijo:

«Al cabo de cuatro días que estaba en la quinta, tratada con aquella generosidad que caracterizaba el bizarro corazón de Casimira, supe por un caballero que pasó casualmente para Stetin cómo mi hermano Valdemaro, según inferí de sus respuestas, estaría seguramente en Rostock, donde lo había dejado esperando ocasión de embarcarse para la Suecia. ¡Qué cruel agitación excitó en mi alma tan no esperada noticia! Cuando pensaba que mi hermano estaría en Suecia, tomando las disposiciones necesarias para destronar al pérfido Cristerno, oigo que, hecho triste juguete de la fortuna, vaga incógnito por tierras extrañas, sin arrimo alguno que le sostenga en su desgracia.

Este mismo día quiero que sea el de mi partida, le dije prontamente a Casimira. Ya sabéis, señora, los motivos que me impelen a emprender este viaje; no puedo tener sosiego hasta que encuentre a mi hermano, y no habrá dificultad que no atropelle para encontrarlo. Pensad en qué puedo seros agradecida y dadme permiso para marchar.

La discreta y amable Casimira, conociendo que el dilatar mi partida sería añadir nuevos martirios a mi alma, me dio su permiso. Quería que me acompañara su hijo Federico pero no lo pude consentir jamás, porque me parecía especie de crueldad robarle un solo momento la prenda que acababa de encontrar, al cabo de tanto tiempo que la lloraba perdida. Sin embargo dispuso que me acompañasen dos criados suyos de su mayor confianza, cuyo favor acepté gustosa, y después de habernos provisto de lo necesario para el viaje nos despedirnos con no pocas lágrimas de ternura.

Mas no sé con qué terrible ceño me mira la fortuna, que por todas partes me va preparando lazos y tropiezos. Al segundo día de nuestro viaje nos asaltaron de improviso seis hombres de bárbaras costumbres, según lo mostró el efecto. Intentaron despojarnos de todos los efectos que llevábamos; y porque hallaron resistencia en mis dos criados les quitaron la vida, y a mí me amarraron al tronco de un árbol inhumanamente. Mis ruegos y las lágrimas que derramaba a mares pudieron alcanzar de los justos cielos que aquellos malvados no ultrajasen mi honestidad.

Dejáronme amarrada, partiéronse contentos con la presa y yo quedé dando voces al viento, porque nadie acudía a socorrerme, ni en todo aquel vasto desierto descubría cosa que pudiera servirme de alivio. Pero, ¡triste de mí!, uno de aquellos bárbaros que antes me habían dejado libre de todo lascivo insulto volvió después de largo rato, rompió mis ligaduras y comenzó a solicitarme con halagos. ¡Bárbaro, como no te tragó la tierra! Llevome a una casa derruida que se divisaba a lo lejos, redobló su porfía, reiteró sus sumisiones; pero viendo bien a despecho suyo mi resistencia, trocó en amenazas sus halagos. ¡Ay de mí! Hubiera triunfado ignominiosamente de mis esfuerzos si el cielo no me socorriera por medio de Rosendo que está presente. Este caballero me arrancó de sus impuros brazos, dándole valerosamente la muerte, y después me acompañó hasta embarcarnos. Pero cuando la tirana fortuna conspira contra nuestra quietud; ¿quién es capaz de resistirla? Navegábamos tranquilamente y con toda la seguridad que puede ofrecer el inconstante mar, cuando de repente se levanta una furiosa borrasca, arrebata la nave contra unas rocas y la hace pedazos. Asíme de una tabla y fui arrojada de un golpe sobre una isleta.

Absorta estuve allí la mayor parte del día, y al punto que quería emboscarme divisé este navío que daba muestras de pasar por frente de ella. Cuando lo vi a poca distancia di voces, fueron atendidas y yo amorosamente recogida. Dios recompense vuestra noble compasión, generoso capitán, así como yo se lo pido con toda la sinceridad de mi corazón».

# Libro VII

En el oscuro centro del reino de las tinieblas hay un palacio lóbrego y asombroso donde tiene su morada el inexorable Plutón. Está continuamente sobre su trono de lúgubre ébano, infundiendo espantoso horror con sus ojos amenazadores a cuantos tienen la desgracia de verlo. Un horrible silencio reina de continuo en aquella tenebrosa estancia y las sombras, a manera de aves nocturnas, van revoloteando por ella sin intermisión. Allí fue donde la Desesperación, bramando de coraje por ver a Valdemaro tan lejos de seguir sus abominables máximas corno dispuesto a poner en práctica los saludables consejos de Andrónico, acudió acompañada de la rabia y del furor a quejarse de esta suerte:

«¿Es posible, poderoso rey, que sufráis tanta osadía en un joven tan débil como Valdemaro? Valdemaro, ese príncipe que tantas veces ha estado ya resuelto a rendir su cerviz a mi respeto, ¿es posible que vaya despreciando mis máximas y oponiéndose atrevidamente a mis órdenes? Vos que lo veis y lo sabéis todo, ¿podréis sufrirlo? Yo, siempre fiel en ejecutar vuestros mandatos, no he omitido diligencia alguna de cuantas me han parecido a propósito para seducirlo y hacerle ofrecer su vida en mis aras. Después del primer naufragio a que le condujo vuestro hermano Neptuno pude conseguir que se resolviera a precipitarse en la profundidad de una sima, pero aquel viejo fatal, aquel Andrónico que se le apareció de improviso, me lo arrebató de entre los brazos.

Aunque con este primer golpe quedé bastantemente aturdida, no por eso me rendí; antes, cobrando mayor esfuerzo, procuré en la siguiente noche proponerle mil géneros de muerte para que eligiese la que le pareciera menos terrible; pero, ¡triste de mí!, cuando yo iba guiándole los pasos hacia la cumbre de un monte para que desde allí se despeñara, apareció segunda vez mi antiguo enemigo y le impidió una resolución que me era tan agradable. Cuán grande fue mi dolor entonces no hay necesidad de ponderarlo, cuando vos mismo fuisteis testigo de las lágrimas que vertieron mis ojos y de los alaridos con que hice resonar vuestro palacio.

Pero lo que más me atormenta es el considerar que del todo ha cerrado ya su corazón a mis máximas y que, lejos de precipitarse hacia su perdición, va de cada día más acercándose al templo de la gloria. El hallazgo de su hermana le ha infundido un valor incontrastable; y los presagios de Alberto... ¡Ay de mí triste! Estoy corrida de que un débil joven haya prevalecido sobre la Desesperación».

«No sé qué oculta violencia tienen las palabras del viejo Andrónico, respondió Plutón, que han sido capaces de arrebataros tantas veces la víctima que iba a ofrecerse en vuestras aras; pero yo procuraré separarlo de su compañía y meterlo en un laberinto de donde tal vez no podrá encontrar salida. Valdemaro jamás ha experimentado los encantadores halagos de Venus ni su corazón se ha visto herido de las violentas flechas de Cupido; yo lo desprenderé de la nave y lo conduciré al palacio de Felisinda. Podrá ser que las caricias tiernas de esta y el dulce veneno que derramará sobre su corazón la bella hija de mi hermano Júpiter le detengan para siempre y no le dejen llegar jamás a Dinamarca. Tentemos este medio y esperemos sus resultas».

Con estas lisonjeras esperanzas se suavizó algún tanto el ceño de la Desesperación y se retiró más consolada a su estancia.

No tardó mucho a experimentarse en la nave el influjo fatal de esta consulta. Luego se sintió Valdemaro arrebatar de una alegría extravagante; sus movimientos, sus palabras, sus acciones todas iban acompañadas de una risa intempestiva, más propia de un necio villano que de un príncipe prudente. Todos se admiraron de tan improvisa mudanza, pero mucho más que todos se maravilló Andrónico, llegando a entristecerse interiormente por parecerle que sólo podría servir de abrirle el paso para su ruina.

Había calmado el viento de suerte que la nave apenas podía moverse y Valdemaro, pareciéndole estrecho el ámbito del buque para encerrar su desmesurada alegría, mandó arrojar el esquife al agua para divertirse con otros caballeros jóvenes. Hiciéronlo en efecto, y tornando cada uno un remo comenzaron a romper el agua para seguir con velocidad el rumbo que les señalaba su gusto. Iban girando alegres por una y otra parte cuando, advirtiendo en la vecina playa una multitud de gente que marchaba al compás de músicos instrumentos, se enderezaron hacia ella, provocados de la curiosidad. Apenas llegaron a distancia proporcionada, dejan los remos y se paran a ver el alegre espectáculo que se ofrecía.

Un vallado de mimbres, fuertemente entretejidos con la madreselva y diferentes ramas de árboles, impedía la entrada a un espacioso circo que se formaba en medio de la playa. Varios hermosos arcos dispuestos a proporción servían de apoyo a una especie de bóveda labrada de enredaderas, mirtos y otros floridos ramos, que al tiempo que ofrecían una hermosísima vista embarazaban el paso a los rayos del sol. Una airosa gradería, poblada de numeroso concurso, rodeaba el circo, en el cual se iban sucediendo varias suertes de juegos y de danzas.

No se satisfacía la curiosidad de Valdemaro ni de sus compañeros en ver de lejos tan agradable espectáculo, y queriendo disfrutarlo de cerca impelen otra vez el esquife, déjanlo encallado en la arena y desembarcan. Apenas lo advierte el concurso, avisa al director de la función y manda que se suspenda. Sale a recibirlos un anciano personaje, acompañado de alguna gente, y les dice con urbanidad:

«Si acaso venís, oh extranjeros, a solemnizar las bodas del pastor Milón y su amable Ana, seáis llegados enhorabuena, que todos os recibiremos con aquel agrado que merece vuestra noble presencia. Aquí podéis ejercitar sin embarazo vuestras fuerzas o vuestras habilidades, que en tan solemne día a todos se permite un inocente desahogo».

«Nosotros, amable anciano, respondió Valdemaro, sólo con el fin de solazarnos partimos de nuestro navío, que no está muy distante. Advertimos de lejos esta función alegre, y traídos de la novedad hemos venido a disfrutarla. Ya que nos hacéis el honor de admitirnos tan benignamente, contribuiremos con nuestra presencia a lo menos a festejar a los felices novios».

«Venid, pues, conmigo, generosos caballeros, respondió el viejo, y solemnizad nuestra fiesta de la suerte que quisiereis».

Con esto los condujo al circo y les dio asiento junto a un hermoso pabellón donde estaban los novios extremadamente bellos y ataviados. Apenas estuvo todo en orden otra vez se abre de nuevo la función con una música de rústicos pero alegres instrumentos, y al instante se presenta una tropilla de niñas bellas y agraciadas con sonajas en las manos. Ceñíanles la frente unas coronas de diferentes y hermosísimas flores, entretejidas con tan nueva y maravillosa disposición que el gusto más delicado no sabía decidir de la preferencia entre naturaleza y arte. Un finísimo y delicado cendal con graciosos pliegues les cubría hasta la cintura, de la cual pendían unas faldas de ligera tela matizada de varios colores. Tan bizarramente aderezadas hacen reverencia a los novios y dan principio a la alegre danza. La graciosa agilidad de los movimientos, la invención de las mudanzas, la modesta gracia de las posturas y el alegre compás que las regía tenían embelesado al concurso.

Mal contentos con este delicado placer los fogosos espíritus de los jóvenes, se disponen para la lucha. Dejaron grabadas sus espaldas en la arena cuantos osaron competir con Mirtilo, gallardamente robusto y arrogante. Su vigor, su agilidad, su robustez y esfuerzo le hacían invencible a todos los mancebos de la comarca, y con gentil desenfado paseaba el circo muy satisfecho de su valor. Entonces fue cuando Valdemaro, no pudiendo sufrir tanta arrogancia en un joven que tenía esperanza de vencer, pide permiso para combatir. El director hace vanidad de concedérselo, los novios cobran nuevo gusto, y el campo se ensoberbece viéndose ocupar de un joven cuya bizarra gallardía formaba las delicias de los espectadores. Enlaza sus forzudos brazos con los de Mirtilo, estréchanse pecho a pecho, descubren sus dilatadas espaldas y robustos nervios y se mantienen inmobles largo espacio, forcejando vigorosamente sin poder derribarse. Suspenso de un profundo silencio estaba todo el concurso, mirando el esfuerzo de los combatientes; la fuerza, el valor y la destreza, que parecían iguales, no permitían saber a favor de quién se declararía la victoria; pero cuando presumían que Valdemaro, por ser de juventud más delicada y robustez menos vigorosa, había de quedar oprimido por el valor de Mirtilo, ven que, levantándolo en el aire con esfuerzo hasta entonces nunca visto, lo derriba valerosamente y lo deja tendido sobre la arena.

Todavía resonaban por el aire los vítores con que aclamaban a Valdemaro cuando se presenta un mancebo de singular habilidad, a quien todos los que osaban competirle en la esgrima iban cediéndole la palma; pero sin embargo quiso probarlo Valdemaro, no sin esperanza de vencerle. Toma la espada y se traba el combate. La gentil y agraciada postura de Valdemaro, el aire con que acometía y se retiraba a su tiempo, la destreza con que reparaba el golpe y hurtaba el cuerpo, el gracioso denuedo en cortar de tajo y revés y la maestría en ofender y defenderse hicieron dar en vago todos los golpes del contrario y que se confesase vencido.

Para templar el violento placer que producía la vista de estos espectáculos se sustituyó otro más dulce y agradable. Ofrécese un coro de doncellas en quienes la juventud, la hermosura, la delicadeza y las gracias más hechiceras brillaban a competencia. Su largo y undoso ropaje, los cabellos anudados atrás con graciosa negligencia, la corona de laurel que les enredaba las sienes y el gentil garbo que las acompañaba sorprendieron dulcemente los ánimos de los concurrentes. Al compás de los músicos instrumentos que tañían unas comenzaron a cantar otras un galante epitalamio en honor de los novios; pero con aquella dulzura, con aquel mágico atractivo que roba las almas y las arrebata en una gustosísima suspensión.

Valdemaro y los caballeros que le acompañaban, embelesados en aquella agradable sucesión de divertimentos, no sabían apartarse de tan delicioso recinto. Cerraba ya la noche, y para sustituir la luz del día iban encendiendo de trecho en trecho varias rajas de tea; mas no por esto pensaban en partirse, imaginando que para volver al navío que habían dejado tan cerca no era menester apresurarse. Con este pensamiento permanecieron todo el tiempo que tardó a concluirse la función.

Conclúyese; pero he aquí que inadvertidamente se desvía cada uno por su parte entre el tumulto de la gente. Valdemaro, cumplimentado por el director de las fiestas, por los novios y otros sujetos particulares que se le habían aficionado, se entretiene a conversar con ellos. Sus compañeros iban buscándose ansiosos mutuamente, pero sin provecho, porque la oscuridad de la noche, la inmensidad de la playa y el gentío innumerable que la ocupaba hacían más dificultoso el hallazgo. Cada uno por su parte, pensando que los demás estarían aguardándole en el paraje donde habían dejado encallada la lancha, acudía ansioso; pero como no divisaba persona alguna se volvía otra vez a sus infructuosas diligencias.

En este tiempo se despide Valdemaro de los novios y demás personas que le habían obsequiado y parte para embarcarse. Llega al sitio donde presumió encontrar ya prevenidos a sus compañeros, recórrelo todo con exquisita diligencia, llama, vocea, grita repetidas veces, pero nadie le responde ni descubre cosa alguna. ¡Qué terrible alternativa de discursos forma en tan triste situación! Pensaba que sus compañeros le habían hecho traición, marchando en la lancha y dejándolo a él solo en la playa sin recurso, pero no se atrevía a recelar traición alguna de caballeros de tan distinguida nobleza. Ya creía que aquél no era el paraje donde habían desembarcado, ya le parecía ser el mismo. Tendía la vista hacia la mar y aunque no podía descubrir el navío que había dejado se figuraba verlo, y aun imaginaba oír el rumor de la tripulación y las voces de Andrónico y de su hermana.

Con este nuevo engaño, vuelve cuidadoso a reconocer la costa y descubre la lancha fluctuando sobre las olas. Esfuerza entonces el grito, llama a sus compañeros pensando que ellos la gobernaban, pero se esfuerza en vano. En tanto que estaban todos engolfados en el gusto de los juegos y de los combates se había levantado una brisa que, hallando el esquife flojamente encallado en la arena sin amarra alguna que lo asegurase, se lo había llevado en la resaca. El navío, con todas las velas tendidas, los marineros dormidos en la calma y descuidada la tripulación, también iba siguiendo el impulso del viento sin que nadie lo advirtiese y sin que la oscuridad de la noche les permitiera ver el horizonte que dejaban.

De esta suerte andaban todos burlados y Valdemaro proseguía en dar voces para que se acercase la lancha que nunca perdía de vista. Los ecos que le respondían imaginaba que eran voces de sus compañeros, y engañándose a sí mismo caminaba por la costa conforme al rumbo que llevaba la lancha impelida de las olas. Así pasó la noche en continua fatiga; pero cuando al amanecer advirtió el engaño, cuando vio la lancha sola sin persona alguna que la ocupase, cuando, tendiendo la vista a lo largo del mar, no pudo descubrir el navío, cuando se vio solo en aquella solitaria costa, sin abrigo, sin Andrónico, sin su hermana y sin recurso para buscarlos, ¡qué veneno mortal no derramó la tristeza sobre su alma! Recuestase sobre una roca, inclina la cabeza sobre el pecho, clava los ojos en el suelo y deja caer los desfallecidos brazos. Levanta tal cual vez los ojos al cielo, suspira con frecuencia, pero no puede verter más que alguna lágrima exprimida con violencia. Quiere prorrumpir en quejas pero su terrible opresión no se lo permite. Inquieto y confuso recorre la funesta historia de sus desventuras, y reflexionando sobre los documentos de Andrónico dice:

«Nací para ser desgraciado... Pero no; nací para ser feliz. ¡Qué señal más visible quiero de la providencia que me protege, cuando me hallo en una ocasión en que puedo ejercitar mi fortaleza! Ayer que disfrutaba delicias con la compañía dulce de Andrónico y de mi hermana, adoraba la providencia; ¿por qué no la he de adorar también hoy cuando me veo en una situación que no puede ofrecerme más que horror y espanto? ¿No lo dispone todo una misma mano? ¿Acaso sé yo para qué me reserva el cielo? El cielo, que después de una cansada serie de infortunios me consoló con el hallazgo de Andrónico y de mi hermana, hoy me priva de este consuelo; ¿por qué no puede volvérmelo mañana? ¿Puedo penetrar sus designios?».

Así hablaba cuando le sorprende un ruidoso estrépito. Vuelve la vista y ve cruzar un furioso jabalí, que acosado de los perros y de los cazadores iba a guarecerse en lo intrincado de un bosque que se descubría no muy lejos. Como una saeta que, disparada del oprimido arco, vuela rápidamente por la región del aire sin dejar vestigio, así pasaron los monteros; sin embargo cobra esfuerzo Valdemaro, pareciéndole que habría por allí cerca alguna población o casa de campo donde abrigarse, y resuelve atravesar el bosque.

Apenas llega a la otra parte, no sin bastante dificultad, descubre una bella y vasta llanura cuyos límites eran una serie de montes inaccesibles. En medio de ella se levantaba un edificio de magnífica arquitectura y a su contorno se descubría una multitud de caserías bellamente situadas. Dirígese a una de ellas; pero a pocos pasos encuentra a una mujer que le dice con ceño desapacible:

«¿Y de dónde os ha venido entrar en esta tierra con tanto atrevimiento?».

«Desde una playa que se descubre a la otra parte de esos bosques, respondió Valdemaro, adonde me condujo mi fortuna varia, he venido a buscar socorro en la piedad de los que habitan esta deliciosa morada».

«Pues sabed, oh extranjero, respondió la mujer, que en este país nadie puede fijar el pie sin el permiso de Felisinda, reina y señora de todos sus habitantes. Yo os conduciré a su presencia y ella determinará lo que se debe hacer de vos».

Con esto fue conducido a un palacio de tan grandiosa y noble arquitectura que al primer golpe de vista quedó extraordinariamente maravillado. Luego que entró en el patio, cerrado con cuatro magníficos corredores, se aumentó su admiración al ver una fuente de bronce bajo la figura de un león en el acto de despedazar a un hombre; pero tan lleno de propiedad, de expresión y de viveza que infundía terror al que lo miraba. Una airosa escalera que se partía en dos ramos daba subida a las salas y demás piezas de aquel portentoso palacio. A una de ellas fue llevado Valdemaro. Estaba toda primorosamente aforrada de china y en sus paredes se veían a proporción varios rasgos de pintura que en nueve cuadros ofrecían las nueve musas con el más enérgico y expresivo colorido.

Presentábase Clío bajo la figura de una hermosísima doncella cuyas sienes ceñía una corona de verde laurel. Tenía en su mano derecha una pluma, en la siniestra un libro cerrado y a sus pies se veían hechos heroicos y gloriosos triunfos de varones ilustres. En otro cuadro estaba Euterpe con el semblante adusto y melancólico, sosteniéndose la cabeza con la mano izquierda y reclinada la derecha sobre una urna sepulcral, en ademán de escribir algún fúnebre epitafio. Melpómene tenía marchitada su hermosura con las continuas lágrimas que vertía; ocupaba su mano izquierda una lámina de bronce y en ella iba esculpiendo con un buril de acero algunos sucesos trágicos. Sobre un delicioso prado cubierto de hermosas flores, que parece acababan de romper sus tiernos cogollos, se dejaba ver Talía, grabando en el tronco de un robusto árbol las delicias de la vida pastoril y campestre. Polimnía se mostraba bajo la figura de una hermosísima virgen sentada en el tronco de un verde laurel. Veíase tendida en el suelo aquella divina lira con que preserva del olvido a los más insignes poetas; tenía en sus manos un libro abierto, en el cual algunos poetas arrodillados por el plano del cuadro fijaban atentamente los ojos en ademán de aprender documentos morales. Gallardamente reclinada sobre una nube de oro y azul estaba Erato. Era su hermosura delicada y mostraba en el rostro un amoroso desmayo que aumentaba su belleza. Embarazábale la mano izquierda una dorada lira y la derecha el plectro arrimado a las cuerdas, con tal expresión y propiedad que el oído engañado se paraba atento para oír la armonía que la pintura quería expresar. Sobre su cabeza, hacia el lado derecho, revoloteaba el gracioso Cupido, que con rostro apacible y lisonjero le inspiraba los más afectuosos sentimientos. Terpsícore estaba tañendo una cítara a cuyo compás bailaban muchas ninfas jóvenes vestidas de blanco en un prado cubierto de amarantos y violetas. En un cuadro donde parece que el arte había apurado sus primores se ofrecía Urania. Estaba pintada la noche serena y apacible, sin que por parte alguna se descubriese el más ligero vapor que pudiera perturbarla; los árboles infundían un dulce horror con su silencio y sólo parece que se percibía el murmullo de los arroyos que se despeñaban de un montecillo. En el centro de esta soledad oscura se divisaba a Urania, profundamente divertida en la contemplación del luminoso cielo, cuya hermosura brillaba en medio de la oscuridad. Estaba tan deliciosamente enajenada examinando los acordes movimientos de las estrellas, que persuadía los ánimos de los que la miraban a la contemplación de los astros. Calíope acomodaba en un estante varios libros donde estaban escritas las más insignes victorias de los más famosos héroes para que transcendieran hasta la posteridad más distante.

En esta grandiosa sala habitaba Felisinda, joven y hermosa sobre todo encarecimiento. Estaba majestuosamente recostada sobre una silla cubierta de finísima grana con realces de oro, leyendo con atención profunda en un libro que contenía los amores de Endimión y de Febe, y en torno de ella había muchas jóvenes doncellas ocupadas en diferentes labores. Ya estaba Valdemaro largo rato en su presencia y aún no había levantado los ojos a mirarlo, tan intensamente estaba divertida en su lectura. Pero poco después cerró el libro, dejolo sobre un bufete que tenía al lado y le dijo:

«¿Qué buscáis por estas tierras, extranjero infeliz? ¿Cómo con tanto atrevimiento habéis entrado en este país oculto sin solicitar antes mi permiso? Vos llevaréis el castigo merecido a vuestra osadía si entre ella y mi rigor no intercede la compasión».

«Bien la podéis tener, señora, le respondió Valdemaro, de quien no ha pensado haceros la más leve ofensa. Yo verdaderamente soy un joven infeliz; la cruel desgracia me persigue por todas partes, y en ninguna me deja fijar con seguridad la débil planta».

«Pues, y por qué causa, le preguntó Felisinda, andáis vagando por ese mundo? ¿Cuál es vuestra patria?».

«Yo, señora, respondió Valdemaro, soy dinamarqués; mi nombre es Valdemaro, nací en la isla de Zelandia. Muertos mis padres me embarqué para la Suecia, pero como la desgracia se había empeñado en destruirme, hizo que se estrellara el navío contra unas rocas. Escapé del naufragio y desde entonces que voy vagando sin poder encontrar medio para restituirme a mi patria».

«No estoy satisfecha de esta relación, replicó Felisinda. Necesito que me contéis vuestra historia con más individualidad; pero antes quiero que recobréis vuestras fuerzas y descanséis de vuestras fatigas».

Condújole una de aquellas doncellas a otra pieza más retirada y se cumplió lo que había ordenado Felisinda.

Entretanto la diosa Venus, obligada de la súplica que Plutón hizo a su padre Júpiter, despacha a su hijo Cupido para que se insinúe en el corazón de Felisinda y encienda en él la amorosa llama. Cupido baja al momento desde el cielo a cumplir con la comisión de su madre, introdúcese en el corazón de Felisinda, pondérale eficazmente la gallardía y hermosura de Valdemaro y la persuade de que, para colmo de su felicidad, debe tomarlo por esposo. Siéntese Felisinda violentamente conmovida; el veneno que acaba de derramar sobre ella el engañoso niño corre por sus venas, debilita sus miembros, desmáyale las fuerzas y le abrasa el corazón. Ya suspira por la vista de Valdemaro y sin detención le hace volver a su presencia. Habíale dado la doncella unos vestidos de finísima lana bordados de oro, y con ellos parece que todas las gracias habían contribuido a realzar su hermosura y bizarra gentileza.

Esta bella muestra que nuevamente dio Valdemaro de sí a Felisinda avivó la amante llama que el rapaz Cupido había encendido en su corazón, y después de haber impuesto silencio a las damas que la rodeaban le rogó que le hiciese el gusto de referirle largamente su historia. Hízolo Valdemaro al instante, aunque disimulando siempre su ilustre nacimiento y callando aquellas circunstancias por las cuales se pudiera rastrear; pero supo dar tanta gracia a sus palabras y tanta fuerza a sus expresiones que, conforme a los varios pasajes que refería, se le iba conmoviendo el corazón a Felisinda. Ya se le ponía pálido el rostro, ya se le sonroseaba graciosamente; a las veces se le hinchaban los ojos y tal vez derramaba algunas lágrimas de ternura.

«Ya veo, gracioso Valdemaro, le dijo luego que acabó de oír su historia, que la cruel fortuna se ha obstinado en perseguiros. ¡Oh, y si Felisinda pudiera atajar de un golpe la corriente de vuestras desgracias! Pero descansad, que nada me quedará por hacer de cuanto juzgue a propósito para vuestro sosiego y felicidad. Ya es hora de dormir; seguid a esa dama, que ella os conducirá a donde podáis hacerlo sin susto alguno».

Con esto fue llevado a otra sala, poco menos magnífica que la primera, donde encontró un lecho ricamente preparado.

No podía tener Felisinda un instante de quietud ni sabía qué medio elegirse para reconciliar el sueño. El blando lecho le servía de tormento, la noche le parecía eterna y en ninguna postura encontraba alivio. Su pecho era muy angosto para encerrar tantas ansias y su corazón no podía sosegar.

«¡Qué violencia es esta!, decía entre sí misma. ¡Qué oculta fuerza me agita el corazón de esta manera! ¡Tirano amor! ¿Habrá quien pueda evitar tus asechanzas? Yo me retiré a esta soledad para pasar tranquilamente mis días, para ser enteramente mía, para gozar una vida feliz entre las dulzuras del campo, para verme libre de tus insultos; mas, ¡cuán en vano...! ¡Amor cruel! ¡Ay, y cómo recelo que en mí se ha de reproducir la historia de Endimión que leía poco hace! Semejante a este bello desamorado he despreciado siempre las afectuosas ternezas de cuantos mostraban amarme allá entre el bullicio de las ciudades; pero, ¡ay de mí!, ¡que si le fui semejante en desdeñar amores, también le seré igual en rendirme a la belleza de este extranjero, como él se rindió a la hermosura de Febe! ¡Oh extranjero, venido por mi mal a este retiro!».

Aquí calló, pero no por eso pudo encontrar sosiego. Las gracias de Valdemaro, que revolvía en su imaginación, la atormentaban cuando despierta, y si tal vez podía dormir algún breve rato no la angustiaban menos los melancólicos sueños. Así estuvo hasta que amaneció, y levantándose impaciente se fue a despertar a sus damas. Prevínoles el modo con que habían de tratar a Valdemaro, y ella más bien que todas, como enamorada, no sabía qué hacerse para contentarlo; cada día observaba más atentamente sus movimientos y una mirada no más le bastaba para adivinar sus deseos y satisfacerlos aun antes que los declarase. Íbale paseando por todas las piezas de palacio para hacerle ostentación de sus preciosidades, y en sus conversaciones, disimulando el terrible desfallecimiento de su corazón, dejaba caer sin violencia una dulce caricia y alguna tierna expresión de afecto. Últimamente lo condujo al jardín para que se admirase de su bella y artificiosa disposición.

Partíase en cuatro cuadros y en cada uno de ellos campeaban varias figuras formadas de verdes arrayanes y olorosas flores. En el uno se veía un bosque por entre cuyas espesuras trepaba la ninfa Dafne huyendo del ligero cazador Apolo que la seguía. En el otro estaba ya la ninfa medio transformada en laurel, casi cubierto todo el cuerpo con las cortezas y convirtiéndose en hojas los cabellos, y el mismo Apolo, que, locamente enamorado, adoraba y besaba el tronco. En el tercer cuadro estaba su hijo Orfeo en ademán de tañer su lira de oro, y muchas fieras que, lamiéndole los pies y halagándole el rostro, expresaban la suavidad y dulzura de la música que las amansaba y atraía. En el último se veían Plutón y Proserpina, dioses del abismo, que templado su furor y suavizado su ceño a las dulces violencias de la lira de Orfeo, le entregaban a su mujer Eurídice que tenían en su imperio.

En el término donde se cruzaban las calles que dividían los cuadros se levantaba una fuente de mármol a manera de hidra, cuyas cabezas servían de caños por donde se derramaba el agua. El distrito que ocupaban los cuadros estaba circuido de diferentes géneros de árboles cuyas ramas, doblegándose con el peso de la abundancia, casi besaban el suelo. Dábanle la entrada diferentes hermosos arcos labrados de hiedra, jazmines y rosales; y en el arco del medio, que era el más grandioso, estaban Céfiro y Flora como presidentes de tan delicioso jardín. Céfiro tenía ceñida la cabeza con una guirnalda de flores y Flora su esposa, además de una corona de lo mismo que le adornaba su frente, tenía sembrado el vestido de rosas, jazmines y otras flores no menos bellas que olorosas.

«Os maravillaréis, le dijo, gallardo Valdemaro, de ver que por todo palacio respira el gusto de la poesía. En este recinto hermoso donde tengo mis estados observaréis trasladado el Parnaso, que procuramos cultivar mis damas y yo. La rusticidad y aspereza de estos montes, que a primera vista parecen inaccesibles, no han podido impedir que las aguas de Helicona corriesen hermosas y transparentes hasta esta vega. Este excesivo gusto que siempre he tenido en la poesía me hizo abandonar el estrépito de las ciudades para retirarme a este secreto ángulo de tierra donde he procurado conservar tranquilamente mi vida con mis damas y con mis amados vasallos, bien lejos de los hombres que siempre he mirado con indiferencia; pero vos..., pero vos...».

Aquí dio fin a sus palabras y Valdemaro, adivinando adonde se dirigían, le respondió con sagacidad:

«Yo, señora, también soy muy aficionado a la poesía, a ese bello ramo de literatura que tanto interesa y encanta a las gentes de gusto; mas como tanto tiempo hace que ando entre cárceles y destierros, no me he cuidado de sus delicias».

«¡Cuántas gracias tenéis, pues, que dar a la fortuna, le replicó Felisinda, que os ha conducido a este país!

Aquí podéis gozar libremente de cuanto fuere de vuestro agrado; mis damas y mis vasallos no tendrán otra ocupación que saber vuestros deseos para satisfacerlos; las musas que os fueron amigas un tiempo vendrán a reconciliarse con vos; y libre de los sustos y desvelos que hasta ahora os han molestado, podréis gozar con sosegada paz de las delicias que os ofrecen estos parajes».

«Si los deseos de encontrar a mi hermana y de restituirme a mi patria, dijo Valdemaro, no me lo impidieran, elegiría gustoso esta habitación alegre para mi perpetua morada; pero no puedo preferir el placer de una vida pacífica y deliciosa a la obligación de socorrer a mi hermana. Si me amáis, señora, os suplico que me facilitéis los medios para partir y dejar satisfechos estos deseos que tanto me interesan».

«Os amo mucho, le replicó Felisinda; y por lo mismo no me será fácil condescender a vuestra súplica. ¡Cómo! ¿Vos partiros...? ».

Las amantes lágrimas que corrieron improvisamente de sus ojos le ahogaron las palabras en la boca.

Retírase al momento dejando a Valdemaro extraordinariamente admirado; y encerrada todo el día en el más oculto retrete iba alimentando con sus lágrimas la amante herida que el rapaz Cupido había abierto en su corazón. Solamente permitió que la visitase Filena, la más confidente de sus damas.

Entró a verla, y encontrándola sumergida en amargo llanto le dice:

«¡Qué es esto, señora! ¿Qué angustia os atormenta, qué os aflige?».

«¡Ay Filena!, le respondió Felisinda; deja que el dolor me consuma; deja... ¡Oh, si este día fuera el último...! Filena, si quieres recompensar el amor que me debes, anda, ve, busca a ese extranjero que ha venido a perturbarme y dile que marche presto de este país... Pero no, detente... ¡Ay de mí!».

«Pues qué, señora, ese extranjero, ¿qué agravio os ha hecho?, le preguntó Filena, ¿qué culpa ha cometido contra vos?».

«¡Ay Filena!, le respondió; Valdemaro no tiene más culpa que ser amado de Felisinda; Felisinda le ama y él no corresponde, esta es mi pena. Quiere partirse a pesar de mis amantes solicitudes... Pero, ¿de qué me quejo? ¿Hele declarado acaso mi pasión amante? ¿Sabe que yo le adoro? Pues, ¿qué recelo? Estas lágrimas que aquí desperdicio tal vez no serían infructuosas si se derramaran en su presencia».

«Señora, le replicó Filena, ¿así presumís abatir vuestra hermosura y abandonar la adoración que se le debe? ¿No sería ignominia que Felisinda vertiese una lágrima en presencia de ese extranjero? Puesto que sus nobles prendas hayan encendido la amorosa llama en vuestro pecho, debíais vos sofocarla varonilmente. ¿Necesitará Valdemaro más que saber vuestra voluntad para sacrificarse prontamente a ella? Una leve insinuación no más bastará para que se rinda a vuestro gusto. Valdemaro, señora, está en vuestro palacio, vos le obligáis con beneficios, él es discreto y no puede dejar de ser agradecido. Estos favores, vuestra hermosura, gentileza, discreción y demás prendas capaces de avasallar al corazón más desamorado, ¿cómo podrán dejar de rendir a Valdemaro? Valdemaro...».

«En vano me aconsejas, Filena, interrumpió Felisinda; ¿cómo quieres que Valdemaro olvide a su hermana que tanto estima por corresponder a mi cariño? Después de tantos trabajos como ha sufrido, después de tantas dificultades como ha superado para encontrarla, ¿quieres que sean poderosos mis brazos para detenerlo? Son muy flojos mis brazos, Filena. Valdemaro hará vanidad de despreciar mi hermosura y cuantas riquezas pueda ofrecerle. ¿Tú no has reparado cuánta es su gentileza y bizarría? ¿Has notado con qué gracia contaba los pasajes de su historia? ¡Qué nobleza, qué dulzura, qué expresiones, qué viveza, qué alma! ¿Querrá encerrar tantas prendas en el breve recinto de este país, cuando parece que aún es estrecho el vasto ámbito M universo para contenerlas? No, Filena, no; no ha venido Valdemaro sino para dar muerte a Felisinda».

«Suspended, señora, el llanto, replicó Filena, y no deis lugar a esos recelos. Valdemaro, por más que sea valeroso y prudente, por más gracioso y gallardo que sea, en fin es joven, y el fuego del amor fácilmente prende en los leños verdes. Procurad abultarle las dificultades que le quedan que vencer para llegar a Dinamarca o para encontrar a su hermana, facilitadle todo género de placeres, lisonjead su voluntad en cuanto fuere posible, mostradle tal cual vez alguna parte de vuestro amor, pero como por hurto y mezclando ternezas con esquiveces, y veréis de esta suerte cómo olvidará memorias de Dinamarca, no se acordará de su hermana, se reducirá a daros gusto, y las lágrimas, que no parecen bien en vuestros ojos, se verán correr luego por sus mejillas».

En tanto que pasaba esta plática entre Felisinda y Filena, andaba Valdemaro discurriendo por el jardín, lo absorto en la contemplación de lo que le había sucedido con Felisinda. Las lágrimas que le había visto verter, las palabras que le había oído y otras señales que había observado en los días que estaba en el palacio le hacían sospechar si serían efecto de alguna pasión amante. Estas sospechas y las amables prendas que había notado en ella iban haciendo algún eco en su imaginación; pero como Dinamarca, Andrónico y su hermana robaban la mayor parte del cuidado, no podía dedicarse, enteramente a la consideración de ellas; sin embargo le tenían harto melancólico, y Cupido, que sólo esperaba atravesarle el corazón con sus flechas, comenzó dispararle algunas, viendo tan oportuna ocasión. Dejó que la tristeza esparciese sus funestas sombras sobre su alma e inmediatamente le aparentó inaccesible el trono Dinamarca, y que ni aun para su consuelo podría lograr jamás el abrigo de Andrónico ni la compañía de su hermana. Por otra parte le ponderaba la hermosura de Felisinda, las encantadoras gracias que brillaban en su airoso talle, las riquezas y delicias que tenía acumuladas en aquel vasto país, y que sería eternamente dichoso si se resolviese a tomarla por esposa.

Con esto andaba ya Valdemaro sin saber qué hacerse ni a dónde acudir: corría caviloso desde una parte a otra del jardín, arrojaba de cuando en cuando algún profundo suspiro y tal vez no podía reprimir las lágrimas. Ya le molestaban las memorias de Andrónico, los recuerdos de su hermana le parecían insípidos y sólo encontraba placer en contemplar las hechiceras prendas de Felisinda. Quería ir a visitarla, por ver si se habrían enjugado ya sus lágrimas y descubriría el origen de ellas; pero una fuerza no visible le detenía los pasos.

«¡Qué efectos tan contrarios, decía, combaten mi corazón! ¿Qué país es este, o qué Felisinda es esta que tan violentamente quiere arrancar de mi alma el amor de Andrónico y romper los vínculos del cariño que tan dulcemente me unen con mi hermana? ¡Cómo! ¿Es posible que así me hagan olvidar la corona y cetro de Dinamarca? Pero, ¿podré permitirlo? ¿Será justo que me olvide de mí mismo y que abandone con ignominia las antiguas obligaciones de mi estado? ¿Qué tengo yo que ver con Felisinda ni qué me resta ya que hacer en este palacio? Andrónico me llama, mi hermana me desea, Dinamarca me solicita; y un noble debe atropellar todo embarazo cuando se trata de cumplir con su obligación. ¿Qué me detengo, pues? Mañana, hoy mismo, en este instante he de partir... Pero, ¿a dónde? ¿Quién ha de guiar mis pasos para que me pongan fuera de esta desconocida región? Una cordillera de montes inaccesibles la cierra por una parte, y el inmenso mar que por otra le sirve de profundo foso impide la salida. ¡Infelice de mí, qué confusión es esta!

¡Oh, y cuán a costa mía experimento la falta que me hacéis, amado Andrónico! Vuestros sabios consejos me harían fácil la salida que yo no encuentro. ¿Quién podrá ahora darme consejo? ¿Qué recurso me queda? Felisinda amable, vos sois discreta y compasiva; considerad la fatal situación en que me veo y dadme remedio».

Así se hallaba Valdemaro; lleno de una turbación cuya causa no atinaba, no se atrevía a entrar en el palacio; pero Filena, advertidamente descuidada, sale al jardín, se le hace encontradiza, le acompaña un rato en el paseo y lo conduce después a la presencia de Felisinda. Hallola con una serenidad aparente que no podía encubrir bastante bien la interior tormenta que sufría; y Valdemaro, no menos afligido, mostraba con bastante violencia una calma que no tenía. Ninguno de los dos se atrevía a hablar del asunto que tanto les interesaba, y en tan profundo silencio Felisinda recorría con su imaginación todas las bellas dotes de Valdemaro, y Valdemaro no pensaba sino en Andrónico y Ulrica-Leonor. Felisinda, apoyada a las esperanzas que le había dado Filena, meditaba ya el pomposo aparato que había de solemnizar el amoroso enlace con Valdemaro; y Valdemaro, acordándose de las obligaciones de su sangre, sólo imaginaba ideas para salir de aquel laberinto. Pero Filena, astutamente lisonjera, conociendo las interiores ansias de cada uno dijo:

«Y bien, amable Valdemaro, ¡cuán loco debe ser cualquiera que, hallándose tranquilo en seguro puerto, quiere volver al golfo de que poco antes ha escapado!».

«No daría muestras de muy cuerdo, respondió Valdemaro; yo mismo os aseguro que si tuviera la fortuna de verme seguro en el deseado puerto, no volvería a buscar las borrascas que he sufrido».

«Pues, ¿qué mayor tranquilidad podéis encontrar que la que se os ofrece en este puerto? replicó Filena. Si por andar tras esa que imagináis os arrojarais otra vez al golfo y os arrebatara la vida juntamente con vuestras esperanzas, ¿seríais por ventura menos loco que el que hemos dicho antes?».

«Pero, ¿cómo puede llamarse seguro, preguntó Valdemaro, el que se halla en medio de una desenfrenada tormenta? Este que vos llamáis seguro puerto es para mí el más peligroso escollo, pues faltándome la compañía dulce de Andrónico y de Ulrica-Leonor me falta toda tranquilidad. No es exageración de un ánimo preocupado, señora, creedme; con Andrónico y mi hermana me hallaría más tranquilo entre los peligros de un naufragio que en la pacífica quietud de este paraje. Me precio de noble y no puedo abandonar las obligaciones que me debo a mí mismo; he de partirme».

Con la misma prontitud que un estruendoso y repentino trueno sorprende y perturba los sentidos de un pasajero descuidado en el centro de un profundo valle, así desconcertaron a Felisinda estas últimas palabras de Valdemaro. Un mortal frío se introduce por sus venas, los sentidos se le perturban, enérvanse sus miembros y cubre su rostro una palidez mortal; pero Filena, acudiendo prontamente a socorrer a su señora, dice con discreta sagacidad:

«Está bien, vos partiréis; la generosa y compasiva Felisinda consentirá que marchéis y aun os aprontará los medios necesarios para que lo hagáis con comodidad; mas, ¿a dónde habéis de ir? ¿Sabéis con certidumbre en qué región hallaréis a vuestra adorada hermana y al no menos amado Andrónico? Conque precisamente habéis de andar otra vez a combatir con las sirtes y los escollos.

Mas quiero que las aguas del inmenso mar os reciben plácidamente, que os permitan caminar sin embarazo y que os abran la entrada en todos los puertos; si al cabo de tan prolongada navegación preguntáis por Andrónico y Ulrica-Leonor y no lográis otra respuesta que el eco amargo de una voz que os diga: *ya no existen*, ¡qué tormento no será el vuestro! ¡Ah, Valdemaro! Andrónico seguramente habrá perecido entre las fieras olas. Las flacas fuerzas que le podían quedar en una edad cansada y decrépita no habrán podido contrastar tanto golpe de infortunios; y sin el arrimo de Andrónico, ¿qué podremos pensar de vuestra hermana, sino que la muerte cruel habrá cortado el hilo de su floreciente vida?».

Un copioso torrente de lágrimas se desprende impetuosamente de los ojos de Valdemaro al acabar de pronunciar Filena estas palabras; llora, suspira, se lamenta, pero de estos lamentos saca Felisinda su mayor alegría. Parécele que Valdemaro ha creído ya la muerte de Andrónico y de Ulrica-Leonor y desde aquel mismo instante le mira ya por suyo. Rompe de improviso el hilo de la conversación, vístese su aspecto de una alegría que procura encubrir modestamente, deja el asiento con gentil desembarazo y sale sola al jardín, como para confiar a las flores sus alegres esperanzas; así se truecan de golpe los afectos del corazón humano.

No se descuidaba entretanto Filena en persuadir más vivamente a Valdemaro de la muerte de Andrónico y de Ulrica-Leonor; repetíaselo muchas veces, pero siempre se valía de nuevas y eficaces razones que con una fuerza irresistible se penetraban hasta lo íntimo de su corazón. Por el mismo estilo le ponderaba las delicias que con los brazos abiertos se le ofrecían en aquel país para que las gozase libremente, la sencillez amable de todos sus habitantes, que sólo procurarían adular su voluntad, y más particularmente le engrandecía las hechiceras gracias de Felisinda.

«¿Y es posible, le decía, que os queráis andar desatinado por esos mares tras un bien que sólo existe en vuestra fantasía, despreciando los que aquí se os ofrecen en realidad? Felisinda misma os facilitaría todos los medios imaginables para que poseyerais pacíficamente los sabrosos placeres que os promete la compañía amable de Andrónico y de vuestra hermana, si fuera posible conseguirlo; pero conocemos que sería fatigarnos en vano, que sería correr tras el viento y que al cabo de trabajos inmensos no lograríamos más que la confirmación de una verdad que estamos creyendo. El cielo, al cabo de tantos peligros de que os ha librado, os ha conducido a esta región de delicias para premiaros... Pero, ¿qué digo? ¿Podemos nosotros penetrar sus sabias disposiciones? Valdemaro, la providencia os ha puesto en esta feliz región; creo que lo habrá dispuesto para vuestro bien. Consultad ahora con las sabias máximas de Andrónico, que tenéis en tanto aprecio, y resolved lo que quisiereis. Yo no tengo más que deciros».

Mientras así habló la astuta Filena estuvo Valdemaro suspenso sin desplegar sus labios, pero las lágrimas que vertía expresaban el conflicto en que se hallaba su corazón. Hacíase fuerza para no creer las razones de Filena, pero salían tan llenas de eficacia que, a pesar de toda resistencia, se hacían sentir en su alma. No sabía qué decir ni qué hacer, cuando arrebatado de una fuerza extraña se levanta de repente y se retira a la estancia más secreta de palacio.

«¿Qué es esto, corazón mío?, iba diciendo entre sí; ¿qué extraordinaria violencia es esta? ¿Qué nuevo modo de atormentar es este? ¿Conque no he de ver ya más a mi hermana? ¿Conque ya es muerta Ulrica-Leonor? Y vos, adorado Andrónico, ¿ya no existís? ¡Oh suerte injusta! ¿Y quién te ha dicho, fortuna bárbara, que puede vivir Valdemaro ni un momento estando ya sin vida Andrónico y su hermana? No, cruel, prosiguió sacando un puñal, no lograrás que yo lleve una vida tan amarga, no; yo mismo me daré la muerte, ya que tú tiranamente compasiva me la dilatas. Amado Andrónico, adorada hermana mía, recibid esta alma como el más dulce sacrificio... Pero no, yo me engaño, ¿qué es esto? ¿No me acaba de decir Filena que la providencia me ha puesto en esta feliz región? ¿Y no me dijo muchas veces el sabio Andrónico que cuando me deje en manos de la providencia obraré siempre lo mejor? ¡Ah! La dejación de mi voluntad al arbitrio de la providencia será, oh Andrónico, el sacrificio que más gustosamente aceptaréis, y el más agradable a mi hermana. ¿Qué resuelvo, pues? Si Andrónico es muerto, si es muerta mi hermana, ¿no es cierto que así será conveniente para mi sólida felicidad? Gobierne, pues, quien sabe lo que conviene, que yo no haré más que callar y obedecer. No convendrá que yo llegue a Dinamarca ni que estas flojas manos empuñen el cetro, cuando la providencia me ha puesto en esta región incógnita de donde no veo la salida. Pero, ¡ay de mí! ¿Cómo podremos conciliar extremos tan opuestos?

¿Es esto lo que me presagió Alberto? ¿Cómo puedo quedarme encerrado en este país y ceñir la corona de Dinamarca? ¡Ah, qué confusión es esta! ¡Cristerno cruel! He aquí el tropel de desórdenes que has ocasionado. ¡Monstruo infame, cuántas impiedades has cometido! Con un solo golpe has arrebatado la preciosa vida de mi amado padre, del celoso Andrónico, de mi dulce hermana... Pero no, huye de aquí, bárbaro hermano, no quiero que ocupes mi memoria.

Dios mío, que os lisonjeáis de hacer justicia a los inocentes oprimidos; vos que con una fuerza incontrastable rompéis los muros de diamante y quebrantáis los hierros que cruelmente abruman a los cautivos; vos que alargáis vuestra mano benigna para conducir sin riesgo por entre las tinieblas a los que os llaman con esfuerzo, ¿cómo no acudís a dar consuelo a este miserable fugitivo y perseguido de su misma sangre? Vos sabéis mi inocencia; vos, Señor, conocéis la rectitud de mi corazón, vos mismo veis que no la ambición del cetro me impele sino la quietud de mis vasallos, la felicidad de mi pueblo, el alivio de mi hermana, el consuelo de Andrónico... ¿Qué pronuncio, si Andrónico y mi hermana ya no existen?».

En llegando a este punto, el dolor le arrebata las palabras y le deja sin movimiento. Cáesele la cabeza sobre el pecho, suelta acá y allá los desfallecidos brazos, túrbasele la vista y se rinde a un desmayo.

Como Filena había marchado al jardín a buscar a Felisinda y la demás gente de palacio andaba empleada en sus respectivos ejercicios, ninguno pudo saber el desmayo de Valdemaro hasta que, entrando en sospecha, fueron a buscarlo y lo encontraron sin sentidos sobre una silla. Esta triste vista fue un mortal golpe para Felisinda; su corazón amante no puede resistir el dolor que le ocasiona la pena de su amado y cae en el suelo desmayada. Filena, sobrecogida del espanto, no sabe qué hacerse; llama a las damas, busca a las criadas, dales órdenes precipitadamente, las riñe, las amenaza y nada se ejecuta. Todas se confunden, unas a otras se conturban, lo que manda la una lo reprueba la otra, todo va sin orden y nada se practica. Últimamente los colocan a cada uno en su lecho y con menos confusión les aplican los remedios más oportunos para restablecerles de su desmayo.

# Libro VIII

Recobrada Felisinda, llama a su confidenta Filena, la toma por las manos y bañándolas con sus lágrimas le dice:

«Yo soy muerta, Filena. Nunca podré creer que Valdemaro rinda su amor a Felisinda. ¿No viste aquel desmayo? ¿No advertiste aquellas lágrimas? Pues mira, todo es por su hermana, todo por Andrónico, todo por su patria. No es digna Felisinda de que Valdemaro vierta una sola lágrima por su amor, no... Todo me causa susto: su inacción, su embarazo... ¡Ay de mí!, todo me da fatiga».

«Señora, le replicó Filena, hasta ahora no he visto en Valdemaro ninguna señal que pueda daros motivo de desconfianza. Aquel llanto, aquel silencio, aquel desmayo que os parecen ofrendas que sacrifica a su hermana y a su patria, ¿por qué no pueden tener otro destino, por qué no pueden ser tributos que rinde a vuestro amor? Aquella indecisión, aquel rubor, aquel empacho que os da tanta sospecha, ¿por qué no pueden ser amantes artificios para aumentar más vuestra llama y hacer más estimables sus afectos? Yo no sé que Valdemaro pueda portarse de otra suerte. Considerad su situación y veréis que el ansia de llegar a su patria y el deseo de corresponder a vuestra caricias, el vínculo con que el natural cariño le une con su hermana y el fuerte lazo con que amor le está uniendo ya con vos no pueden dejar de tener agitado su corazón y constituida su alma en el más duro conflicto».

«¡Ah, Filena!, dijo Felisinda, si mi amor tuviera la menor parte en el motivo de su agitación sería yo dichosa, pero recelo...».

«Son vanos recelos, interrumpió Filena, y mucho más si consideramos... pero nada hay que recelar. Valdemaro, impelido del deseo de llegar a su patria y de encontrar a su hermana, finge resistir a vuestros afectos, pero yo sé que se abrasa interiormente. Descansad ahora y dejad a mi cargo el dirigir esta empresa».

Dicho esto, marcha inmediatamente a la estancia de Valdemaro, hállalo enajenado sobre la cama, llámalo por su nombre, y sin lograr más respuesta que una ligera ojeada le dice con sagaz arrogancia:

«Y ¿cuándo ha de ser vuestra partida, desagradecido joven? Si tantas lágrimas y desmayos os ha de ocasionar el insípido amor de una hermana, que tal vez existe sólo en vuestra idea, partid enhorabuena, desocupad presto este palacio; y os advierto que no aguardéis a que os vea Felisinda, porque le será insufrible vuestra vista y no podrá reprimir su enojo».

«Pero, señora, dijo Valdemaro, ¿qué repentina causa...?».

«No es tiempo de satisfacciones, interrumpió Filena. Un corazón ingrato sólo es capaz de pretextar razones fementidas; marchad presto».

«Pero el horror de esos montes, señora, replicó Valdemaro, la ignorancia del camino, la oscuridad de la noche...».

«No, no; nada puede suspender la ejecución de la orden que os íntimo, dijo Filena; marchad presto».

« ¡Qué nueva confusión es esta!, exclamó Valdemaro. Mas decidme, señora, ¿qué exige Felisinda de este infeliz, en qué puedo complacerla?».

«Una seña de gratitud no más podría dejar satisfecho el corazón de mi señora, que sólo desea colmaros de venturas, respondió Filena; pero sois incapaz de reconocer beneficios. Esas lágrimas, esos desmayos que inútilmente sacrificáis a vuestra hermana, a vuestra patria y a vuestro Andrónico, porque todo ha fenecido ya para vos, sólo Felisinda los merece. Si fuerais capaz de agradecimiento vuestro mismo corazón os parecería recompensa tibia a la piedad amable que con vos ha usado Felisinda. Felisinda hubiera podido exterminaros en el mismo instante que fijasteis el pie en este distrito, Felisinda podría teneros confundido entre prisiones, Felisinda puede todavía reduciros a la situación más infeliz; pero su piedad, su generoso corazón, su noble bizarría, su grande alma no le dan lugar a tales excesos; por eso manda compasiva que al nacer el nuevo sol os halléis ya fuera de este país».

«¡Ah, señora, y cuán mal conoce Felisinda al infeliz Valdemaro!, dijo el mismo. Si Felisinda viera la lucha atroz que sufro en mi interior, más benignamente se compadecería. No tiene Felisinda la menor parte en la causa de mis lágrimas y de mis desmayos. Su amor y el de mi hermana, las obligaciones que le debo y las que debo a mi patria... ¡Ah, qué batalla de afectos tan acerba! Si pudiera irme y quedarme a un mismo tiempo, satisfacer a Felisinda y acudir a mis obligaciones, socorrer a mi hermana y no dejar a Felisinda, reinar en este país y empuñar el cetro... ¿Qué pronuncio? ¿Deliro acaso? Me enajené; no estoy en mí.

Señora, vos que habéis sido la mensajera del rígido decreto de Felisinda, decidle que voy a ejecutarlo sin tardanza, que abrazo gustoso la muerte que me aguarda entre la sombra y horror de esas montañas sólo por servirla; pero hacedle también presente que Valdemaro no ha cometido ningún exceso que le haga merecedor de tan intempestivo mandato, que sin motivo alguno condena su inocencia a los peligros de una oscura noche y de un camino incierto; y decidle en fin que si no se debiera todo a su patria sería todo de Felisinda, que por complacerla sólo olvidaría a su hermana, olvidaría...».

Al proferir estas palabras llora, suspira, corre presuroso hacia la puerta, pero deteniéndole Filena le dice:

«¿Dónde vais, precipitado? Deteneos, lamento vuestra pena. Yo la haré patente a Felisinda y procuraré, a lo menos, que suspenda la ejecución de su mandato hasta que amanezca».

Con esto se retiró Valdemaro y Filena, viendo bastante bien lograda su astucia, parte a verse con Felisinda. Cuéntale cuanto le acaba de suceder y la persuade que en Valdemaro se oculta otro personaje más ilustre de lo que parece. Fórmase al instante en el corazón de Felisinda una nueva guerra; crece el amor en que se abrasa por Valdemaro y crecen también las desconfianzas de alcanzarlo por esposo. ¡Qué ideas no fabrica para obligarle, qué artificios no inventa para enamorarle! Forma mil proyectos que le parecen exquisitos en el mismo instante que los forma, pero poco después los reprueba por inútiles; quiere llamar a Valdemaro para que le relate otra vez su historia, imaginando descubrir la calidad de su linaje; dale la orden a Filena, mas apenas acaba de darla cuando de repente la revoca. ¡Cuán horrible alternativa sufre un corazón enamorado! Pero después de infinitos proyectos que formó, deshizo y volvió a formar en su imaginación, sin poner ninguno en práctica, piensa disponer una caza por los vecinos bosques para hacer alarde noble de sus marciales alientos y probar si de esta suerte prendería mejor el corazón de Valdemaro.

Todo yacía en profundo sueño; no se oía dama alguna por las salas, los criados estaban sumergidos en muda quietud y todo el palacio respiraba silencio; solamente se percibía o algún suspiro de Valdemaro o algún sollozo de Felisinda. Mas Filena, obedeciendo al mandato de su señora, parte presurosa a dar órdenes para que se prevengan caballos, armas, lebreles y cuanto pueda servir de brillo, gusto y opulencia al proyectado ejercicio.

Apenas la aurora vino a declararse cuando rompe el silencio la grita de los monteros, el relincho de los caballos y el generoso latido de los perros. Valdemaro, avisado por Filena, sale de su estancia gentilmente aderezado con un vestido de monte que le envió Felisinda. Era de púrpura, y el bordado de oro que guarnecía la orla tan delicado y primoroso que parecía haber apurado sus esfuerzos la mano que lo había labrado. Sobre un gallardo y fogoso caballo ricamente enjaezado, que tascando feroz el espumoso freno y sacudiendo impaciente la undosa crin daba indicios de no sujetar a nadie su altivez, sale a breve rato Felisinda, tan hermosa, tan desembarazada y tan bizarramente compuesta que fuera fácil equivocarla con Diana, cuando por las faldas del celebrado Cinto iba a caza con sus Ninfas. Todos respiraban placer menos Valdemaro, que, sorprendido de la novedad, los ojos bajos, lleno de rubor el rostro y poseído de una desconocida turbación, apenas podía sufrirse a sí mismo. Danle un caballo no menos fuerte ni menos generoso que el de Felisinda; móntalo con gentil desenfado y parten de palacio con marcial estrépito.

Llegan al bosque, repártese la gente y toma cada uno el puesto que se le señala. Iban Valdemaro y Felisinda por una misma parte; y cuando ya el ruido de las bocinas y el latido de los perros habían espantado la caza sale bramando de lo interior del bosque un oso feroz. Espántase el caballo que monta Felisinda, vánsele las riendas de la mano y cae al primer vaivén. Arremete entonces hacia ella el feroz bruto, llenos de fuego sus ojos, abierta la inflamada boca y levantadas las manos; pero Valdemaro, noblemente valeroso, se arroja del caballo, acomételo con ímpetu y se abraza con él. Apriétalo fuertemente entre sus brazos y hácele arrancar del pecho espantosos bramidos que amedrentan la selva. Las rabiosas espumas que arroja de su boca cubren la espalda de Valdemaro y llegan a blanquear las vecinas matas. Crece el combate, redóblase el furor y no desfallece el esfuerzo; pero así como después de los repetidos choques del furioso aquilón cae la robusta encina desde la cumbre del Apenino, haciendo estremecer la tierra del contorno, así con igual estrépito cayó la enorme fiera debajo de Valdemaro y queda ahogada entre sus brazos. Satisfecho de su victoria acude a socorrer a Felisinda, que todavía no estaba recobrada del susto, rocíale el rostro con el agua de un arroyo que corría allí cerca y logra restablecerla.

Ya había concurrido la gente que andaba esparcida por el monte; e informada del inminente riesgo de su señora, de la lucha atroz de Valdemaro y de su vencimiento, despojan al bruto de su piel o para que sirva de adorno a los umbrales de palacio o para que se vista de ella Valdemaro, en señal del triunfo, cuantas veces hubiere de salir a caza.

Hecho esto con aplauso de todos manda Felisinda tomar la vuelta de palacio; pero ella, quedándose a lo lejos con advertido descuido en compañía de Valdemaro, le habla de esta suerte:

«Esta fineza que acabo de recibir de vuestra heroica mano, la vida que acabáis de darme, generoso joven, me deja sin recurso para el agradecimiento; fineza es que excede todo valor y todo precio. Este país agradable, cuyos términos apenas puede descubrir la vista, los árboles que los pueblan, las quintas que le adornan, las aguas que le bañan, el palacio que lo domina... Nada he dicho: las perlas del oriente, el oro del Arabia y cuanto tesoro oculta la tierra en sus entrañas serían recompensa corta a tan excesivo favor. Sin embargo, una sola cosa, que aprecio más que cuanto he dicho, me queda para ofreceros; si la aceptáis tendré el honor de ser vuestra esposa. Esto es en suma: Felisinda se os ofrece por esposa».

Aquí calló; pero advirtiendo que Valdemaro había quedado suspenso, sin determinarse a proferir palabra, prosiguió de esta manera:

«Ya sé que la oferta que acabo de haceros es corta satisfacción a tanto merecimiento, cuando la bizarra acción no más...».

«Mi bizarra acción, señora, interrumpió Valdemaro, es hija de la generosidad de mi ánimo; yo no he hecho más que lo que debiera hacer cualquier noble. He manifestado mi gratitud a los inmensos favores que me habéis dispensado desde que la fortuna, no sé si próspera o adversa, me trajo a vuestro palacio; y he dado a entender bastantes veces si lo habéis notado, que ni me es desagradable vuestra compañía ni desapacible el paraje que habitáis. No penséis, pues, que el ofrecimiento con que me honráis es corta satisfacción a mis méritos; pensad, sí, que mis méritos no son acreedores a tan excesivo como inesperado ofrecimiento, ofrecimiento que estimo tanto cuanto siento no poderle aceptar. Patria, hermana, Andrónico, todo me separa de vos; por eso, señora, el más subido favor que podéis hacerme es darme libertad para marchar y proporción para llegar a algún puerto desde donde pueda dirigirme en busca de mi tierna hermana y del anciano Andrónico. Esta sola gracia es la que tendrá presente Valdemaro, adonde quiera que lo arroje la contraria suerte».

«¡Qué es lo que escucho! dijo Felisinda. ¡Vos partiros!

«Sí, he de partirme, respondió Valdemaro. Mi obligación, la quietud de mi hermana, el consuelo de Andrónico, el sosiego del pueblo y lo que más es, el orden del cielo, todo me impele, señora, todo me aparta de vos».

«Pues si habíais de abandonar a Felisinda, replicó ella, ¿por qué no la dejabais entre las garras de esa fiera que acabáis de ahogar en vuestros brazos? ¿Por qué arriesgasteis temerariamente vuestra vida por librar la mía?».

«Libré, señora, vuestra vida a costa de la mía, respondió Valdemaro, porque me precio de noble, porque sé agradecer beneficios y, en suma, porque os amo».

«¿Vos me amáis? replicó Felisinda. Si me amarais olvidaríais hermana, patria, padres; atropellaríais cuantos embarazos se os pudieren oponer, romperíais... Pero, ¿cómo es posible que me améis, cuando para no complacerme os basta la memoria de una patria que huye de vos, de una hermana que ya no existe, de un Andrónico que ha concluido ya la carrera de su vida? Decid que Felisinda os es desagradable... Decid... ¡Ah, si Felisinda estuviera tan fuertemente impresa en el alma de Valdemaro como Valdemaro lo está en la de Felisinda! Si Felisinda...».

Un torrente de lágrimas que no puede reprimir impide el curso a sus palabras. Calla, y acompañados del silencio llegan a palacio.

Ocúltase Felisinda en la más retirada estancia sin permitir que nadie le hable, y entregada toda a sí misma se deja llevar del ímpetu de su pasión.

«¿Felisinda despreciada?, se dice a solas. ¿Mi amor desdeñado, desatendidas mis lágrimas? ¡Qué es esto! ¿Podré sufrirlo? ¡Ay, amor, y cuán mal te conocía! Mi espíritu altivo, que nunca supo rendirse a tus halagos, mi orgullo que siempre desdeñó tus artificios, ¿ahora se ven abatidos al vil extremo de mendigar caricias? ¿Y de quién? De un ingrato, de un aleve, de un presuntuoso extranjero. ¿Estas son sus virtudes, estas sus gracias? ¿Es esta aquella dulce compasión que excitan en su alma los desvalidos? ¿Es este el héroe que vence monstruos de dificultades por encontrar a su hermana... Mas, ¿cómo el tibio amor que inspira la naturaleza puede agitarle tanto? El amor de una hermana, ¿sería capaz de hacerle vaguear por mares y por tierras, hecho siempre juguete vil de la fortuna? ¡Qué sospechas me confunden! No, otra hoguera más voraz arde en su pecho. ¿Por qué no podría ser su amante la que busca en calidad de hermana? Para una hermana ausente bastaba un tibio recuerdo tal cual vez, mas no tantas... ¡Ay de mí, qué celos me atormentan! No, no es su hermana, su amante es la que busca. ¿Qué espero, pues? El alma que tiene fija en otra parte, ¿cómo podrá inclinarla a Felisinda? Ea, Felisinda, ya tienes descubierta la causa de los desvíos de Valdemaro... Mas, ¿cómo no te declarabas antes, extranjero aleve? Si triunfa de mi amor la fuerza de ese amor que ocultas, ¿cómo no lo confiesas sin doblez? ¿Tú haces alarde de tu sinceridad, tú te precias de noble, tú eres leal? Ésa no es lealtad, alevosía es infame... Pero, ¿de qué me quejo? Mi pasión me ciega. Vete, extranjero ingrato, corre a enlazar tus brazos con esa infeliz amante que te aguarda, marcha, parte veloz... Mas, ¿qué digo? ¿Partirse? ¿Pues podría permitir que se partiera para que disfrutase otra las caricias que a mí me niega, podría consentirlo? En la oscura prisión pagará su alevosía».

Dicho esto sale de la estancia con precipitación y al primer paso encuentra con Filena.

«¿También tú piensas seducirme?, le dice con aspereza. ¿Cómo te atreves a persuadirme que Valdemaro interiormente se abrasa por mi amor? ¿Qué puedes prometerte de ficción tan injuriosa? ¿Interesas algo en engañarme?».

«¿Yo engañaros, señora?», respondió Filena sobresaltada.

«Tú, tú misma, tú, alevosa, replicó Felisinda; en nadie se halla fidelidad», dijo; y ocultándose otra vez en la estancia cierra de golpe la puerta.

«¿Y qué puede pretender Filena? dice a breve rato. ¿Qué motivo la impele a seducirme? ¿Querrá tal vez granjearse el amor de Valdemaro, o prendada ya de su valor y bizarría querrá que lo detenga yo en palacio para que en tanto disfrute siquiera el placer de verlo? ¡Qué horrible misterio es este que se me oculta! Concertados ambos, ¿conspirarán contra mí, querrán armarme traición? Pero, ¿no tengo bien penetrada el alma de Filena? ¿Puede haber engaño en ella? No, no puede haberlo, su fe me es bien conocida. ¿Qué recelo, pues? Filena es fiel, y cuando ella afirma que Valdemaro me ama, le será bien notorio su afecto. ¡Qué necias sospechas formé de Valdemaro! ¡Cuán pronto me dejé llevar de una vergonzosa pasión! No, Valdemaro no es traidor, es noble, y. si alguna pasión amante le estorbara corresponder a mis cariños la confesaría sin rubor. Sola su hermana le desvía, sólo Andrónico le separa de mí. Pero esto importa poco; pasiones tan débiles como las que inspira la naturaleza desaparecerán a vista de las que enciende el hechicero amor. Pues, ¿qué vacilo ya? Repetiré a Valdemaro mi oferta y la aceptará sin resistencia. Él habrá meditado a solas la fortuna que aquí se le ofrece, habrá previsto los trabajos que le amenazan apenas fije el pie fuera de este agradable recinto, y la diferencia enorme de una suerte a otra le pondrá en la precisión de admitir la que le ofrezco».

Esto dijo, y al instante llama a Filena para desembarazarla de la admiración y pasmo en que la había puesto poco antes.

En tanto que Felisinda discurría de esta suerte se hallaba Valdemaro atropellado de una rápida sucesión de contrarios afectos. Su corazón ardía en amantes llamas por Felisinda, pero las obligaciones que debía a su heroica sangre las extinguían de algún modo; tal vez tenía por cierta la muerte de Andrónico y de su hermana, pero a las veces la miraba como especiosos inventos de Filena para seducirlo. Pensaba que la providencia lo habría conducido a aquel país para que acabara felizmente sus días con Felisinda, pero veía que no era esto lo que tantas veces se le había predicho.

«¿Qué esperas a resolverte?, se decía a sí mismo. ¿Dejarás que te vuelva la espalda esta no esperada felicidad que ha venido a buscarte? Si tuvieras esperanza de volver a Dinamarca y poseer el trono que violentamente ocupa Cristerno, podías muy bien despreciarla; pero, ¿cómo es posible, que veas otra vez Dinamarca? Dinamarca acabó ya para ti. Todavía es muy joven la mano que rige el cetro; cuando no tenga fuerza para sostenerlo ya estaré confundido con el polvo que pisan los pasajeros. Sí, que no puede mi corazón tener esfuerzo para resistir a los crueles y repetidos golpes de la desgracia; y si tal vez quiero poner el pie en la otra parte de esos montes, sabe Dios si al primer paso encontraré con mi precipicio. No, fuera locuras, fuera delirios. Este fértil país que domina Felisinda ha de ser mi centro. ¡Con cuánta libertad gozaré de su hermosura en estas apacibles selvas donde la paz, el amor y la alegría son tan solemnemente venerados! Libre de sustos y de sospechas, no tendré más cuidados que el de corresponder a sus amantes caricias ni más emulación que la de que mi amor compita con el suyo. ¿Qué me detengo? Adiós cetro, adiós corona, adiós reino, yo os dejo gustosamente por Felisinda; Felisinda ha de ser mi esposa».

Hecha esta resolución, intenta buscar a Felisinda para comunicársela, pero al primer paso que da fuera de la estancia párase dudoso, se detiene un rato y dice:

«¿Conque ya estoy resuelto? ¿Reducido estoy a unirme para siempre con Felisinda? Pero, ¿cómo tendré valor para abandonar un pueblo que gime inconsolable bajo el tirano yugo de Cristerno? ¿Podré preferir los halagos de una mujer encontrada por acaso a las obligaciones que debo a mi hermana? ¿No es ella la que sacudió de mi inocente cuello la cruel cadena que le oprimía? ¿No es ella la que me envió recomendado a la Suecia para que desde allí partiese a vengar la muerte de mi padre, a borrar con la sangre de mi hermano la execrable injuria que me hizo y libertar al pueblo de la injusta opresión que sufre? ¿Por qué, pues, no correspondo agradecido a sus finezas? ¿Por qué no pongo en ejecución sus nobles designios?

Si los vientos contrarios se han opuesto a mi viaje, si la adversa suerte me lleva siempre errante, ¿debo por eso abatirme? No, que no es digno de gloria un corazón que se rinde a los golpes del infortunio. Si pudiera evadirlos encerrándome en este recinto... Pero no, es locura. Los débiles brazos de Felisinda no podrán servirme de abrigo, ella tal vez no busca más que su propio gusto. ¡Cuán en breve pasará del uno al otro extremo! Prueba bien clara tengo de su inestabilidad. ¿No es ella la que ayer decretó mi destierro? ¿Ella misma no es la que estaba tan inexorable que ni admitía disculpas ni reconvenciones? Así lo dijo Filena; ni la sombra de la noche, ni el horror de los montes, ni la incertidumbre del camino eran poderosos para que suspendiera por un rato a lo menos la ejecución de su sentencia.

No dudo que el haberla librado del riesgo que la amenazaba en la fiera muerta a mis manos habrá podido trocar sus afectos; pero, ¿quién pudo cambiarlos antes para que del destierro que me intimó pasara al placer de la caza que dispuso? No, no es amor lo que astutamente fina me exagera Felisinda; pero aunque lo fuese, ¿debería rendirse a sus halagos el hijo del grande Heroldo? No es posible.

Dijo, y lleno de una noble osadía parte a buscar a Felisinda para desengañarla, pero apenas la encuentra se siente mudado de improviso. Como aquel soldado bisoño que antes de entrar en la batalla nada le asusta, ni las balas le acobardan, ni le intimidan las espadas, antes neciamente valeroso piensa atropellarlo todo, pero que apenas se pone al frente del ejército contrario se amedrenta al estrépito de las armas y al tumulto de los combatientes, desmaya al clamor de los moribundos, se le huye la tierra debajo de los pies y apenas puede tener las armas en sus manos trémulas, así puntualmente le sucedió a Valdemaro luego que se puso en presencia de Felisinda. Su hermosura, que la realzaba portentosamente cierto enojo amable que mostraba en el rostro, y un ligero desfallecimiento que se la notaba en sus miembros le perturbó de repente. Ya no sentía en su ánimo aquel esfuerzo que antes experimentaba, las palabras que tenía en la lengua para decirle se volvían al interior del pecho, tiradas de una fuerza desconocida, el corazón le palpitaba con violencia, sus miembros se hallaban entorpecidos y todo él poseído de un extraordinario descaecimiento.

Presto conoció Felisinda su turbación, y pensando que provenía de otra causa le dijo:

«¿Qué os embaraza? Cuando yo he pasado por el rubor de confesaros mi pasión amante, ¿tenéis ahora reparo de mostrar una correspondencia no más que me es tan debida? ¿Acaso es el amor alguna infame pasión indigna de corazones nobles? ¿Qué reparo tenéis, pues, de confesármelo, cuando ella misma se está manifestando en el rostro a pesar de vuestro esfuerzo?».

«Mal interpretáis, señora, los movimientos de mi semblante, respondió Valdemaro. No puedo negar que os amo; os amo con sinceridad, y tanto que me había olvidado de mí mismo por entregarme a vos; pero tampoco puedo negar que obré arrebatadamente, obré conforme al impulso de un corazón apasionado, no según la decisión de un entendimiento libre. Ved ahí de donde nace la turbación que veis retratada en mi aspecto. Venía resuelto a pronunciar un sí que había de dar el último nudo al lazo con que comenzaba el amor a unirnos, pero me asaltó una reflexión tan poderosa que derribó mis proyectos».

Al paso que hablaba iba cobrando el esfuerzo que había perdido, y como el soldado que en el calor de la batalla olvida los peligros y rompe por cuantos embarazos se le oponen, así Valdemaro, sin atender a los hechizos de Felisinda, prosigue diciendo:

«¿Será razón que prefiera una extranjera sangre a mi sangre propia? ¿Será justo que por gozar tranquilamente vuestra hermosura en estas florestas deje abandonado un reino que funda en mí sus esperanzas? ¿Podré redimirlo de la enorme vejación que sufre si me quedo en este país, entregado al ocio dulce del amor? Mis vasallos expuestos al rigor de un rey intruso, mi trono, mi corona y cetro... Mas, ¿quién me inspira este lenguaje? Señora, mi hermana no tiene otro amparo que el que yo pueda darle y no es justo que la deje sin consuelo entre las penas que la afligen. Pensad si puedo en otra cosa daros gusto, que, pues en esta no me es posible, estoy resuelto a marchar este mismo día».

Así como más furiosamente se precipita el caballo que corre si le dan la espuela, y se encrespa con mayor furia el voraz incendio si le añaden combustibles, así el enamorado corazón de Felisinda se enardeció más vivamente al oír estas razones de Valdemaro. Queda suspensa, reflexiona un rato, se aviva el deseo, desmaya la esperanza, se agita el corazón y palpitándole en el pecho dice con amante timidez:

«¿Qué nuevas excusas pretextáis ahora, qué me decís?».

«Que es preciso dejaros, respondió Valdemaro. Cuán grande es mi dolor lo podéis bien conocer si reparáis...».

No pudo hablar otra palabra porque un nudo le atravesó la garganta. Alzó amorosamente los ojos para mirar los de Felisinda, y viéndolos ya empañados de lágrimas mezcló con ellas las suyas a pesar de toda resistencia.

«¿Conque es preciso dejarme?», dijo Felisinda.

«Preciso, respondió Valdemaro. Mi antigua obligación, mi hermana, el pueblo... ¡Tirano amor! ¡Ah, si nunca hubiera puesto el pie en este paraje...!».

«¡Fatal momento aquel, interrumpió Felisinda, en que os vieron mis ojos! ¿Qué infeliz destino os condujo a este sitio, si tan presto...? Pero no, no habéis de partir, antes me veréis muerta a vuestros pies. ¿Qué resolvéis?».

«¡Qué atroz batalla de afectos!, exclamó Valdemaro. ¡Oh débil corazón mío! ¿Dónde está el valor que poco antes tenías? ¡Ah, cuán diferente aspecto tienen los peligros cuando se miran de cerca! Ahora poco, parece que ya no temía los insultos que pudiera hacerme el amor, pero ya veo... ¡Infelice de mí! ¿Así se cumplen, Alberto, vuestros presagios? Amado Andrónico, ¿cómo les disteis fe tan presto? ¡Ah, qué vanas salen vuestras promesas, Gésner amable! Piromanto solo me hizo ver la verdad de mi destino. Pero si he de tener en fin una muerte tan violenta, si el dolor de ver morir a mi hermana ha de redoblar tan cruelmente los dolores de mi muerte, menos mal será que yo mismo me quite la vida; de esta forma ni mi hermana pasará por el dolor de verme morir ni yo tendré la pena de ser testigo de su muerte».

«¿Deliráis acaso?, preguntó Felisinda. Dejad esos temerarios designios, adorado dueño mío; pensad que vuestra muerte ha de apresurar también la mía. Si me amáis, que abandonéis os ruego pensamientos tan funestos. ¿Quién, estando en compañía de Felisinda, podrá daros la muerte? ¿Y cómo es posible que veáis la de vuestra hermana, cuando acabó ya el curso de su amarga y trabajosa vida? Pensad, pensad en vivir con Felisinda; quedaos en este bello paraje, formado quizá desde el principio para que vos le gocéis; sí, para que le gocéis en compañía de Felisinda, que el cielo destinó sin duda para esposa vuestra. ¿Qué resolvéis en fin?».

«Darme la muerte, respondió arrebatadamente Valdemaro. Este mismo puñal, que tantas veces...».

«¡Ay de mí, exclamó Felisinda, arrojándose con ímpetu sobre Valdemaro! ¿Qué es lo que hacéis?».

Por presto que se arrojó no pudo detener el impulso, sólo pudo cambiar el blanco, pues el golpe fatal que se dirigía a Valdemaro cayó sobre ella misma, hiriéndola el funesto hierro en el brazo izquierdo. Tiñe luego la sangre sus ricos vestidos, riega el suelo y cae desmayada. Valdemaro queda inmóvil y pasmado; cáesele de la mano el sangriento puñal y no sabe qué hacer; mas viendo que Felisinda se iba desangrando la toma en sus brazos, levanta el grito, clama sobresaltado. Acude la gente de palacio, y viendo la desgracia de su señora lanzan terribles quejas, improperan a Valdemaro pensando que había sido el agresor, convocan a la vecina gente, acuden todos y fórmase un motín. Arrebatan unos a la desmayada de entre los brazos de Valdemaro para curarla, otros cargan sobre este para aprisionarlo y llenándole de golpes y de injurias y arrastrándolo de los cabellos por aquellas salas lo conducen a una triste cárcel, sin darle lugar siquiera para proferir palabra.

«¿Y qué ha de ser de mí ahora?, decía entre sí mismo. ¿Quién podrá librarme de terrible golpe que la muerte va a descargar sobre mí, cuando no hay ninguno entre tantos que no medite mi ruina? Mi hermano me persigue, Andrónico y Gésner me engañan, Alberto me ayuda a precipitar, mi hermana no puede remediarme, y aquí donde se trataba de mi felicidad sólo se fragua mi perdición. Si recorro los mares, o quieren sepultarme en sus abismos o me arrojan a la tierra por no sufrirme; si camino por la tierra no encuentro más que lazos, tropiezos y precipicios; si levanto los ojos al cielo, lo veo irritado contra mí. Mas, ¿por qué me fatigo en vano? A cualquier parte que vuelva los ojos veo retratada mi destrucción; ¿por qué, pues, no ha venido ya la muerte...? Mas, ¿qué pronuncio? ¿Cuándo acabaré de llamar a la muerte para mi remedio? ¿Cuándo sabré poner toda mi confianza en Dios? ¿No puede ser que por castigo de esta execrable injuria tantas veces repetida venga sobre mí tanta inmensidad de trabajos? Si yo no hubiera empuñado el fatal acero para matarme no me vería ahora en tan infeliz situación. ¡Ah!, cuando me veo en la margen del precipicio conozco mi error y vuelvo sobre mí; pero luego me abandono a mis pasiones cuando estoy distante del peligro. De esta suerte vivo entre desaciertos, arrepentimientos y reincidencias. ¡Ay de mí, triste! ¿Por qué no me dejo gobernar de aquel que sabe lo que me conviene? ¿No tengo bien experimentado cuán en mi favor se muestra la providencia suprema? Todos los males que sufro son frutos de mi ciega obstinación, y no sólo tengo en mí mismo el origen de mis males sino que lo soy también de los ajenos. Felisinda herida por mi causa, Felisinda próxima a morir, Felisinda...».

Esto dicho, pone el codo sobre la rodilla, reclina la cabeza sobre la palma de la mano, clava los ojos en el suelo y queda discurriendo confusamente consigo mismo.

Felisinda, ayudada de los medicamentos y demás diligencias de sus solícitos vasallos, se recobra de su desmayo y apenas abre los ojos, sin cuidarse del dolor de la herida, los vuelve a todas partes para buscar entre la multitud a su idolatrado Valdemaro. Como no le vio, dijo con un esfuerzo propio de su pasión:

«¿Y qué se ha hecho Valdemaro?».

«Descansad, señora, le respondieron pensando adularla, que ya lo tenéis asegurado en la cárcel».

«¿Pues quién os ha dicho que debe ser culpado el inocente?, replicó con un aire de majestad que hizo temblar a los que la oyeron. No me hirió Valdemaro, amor me hirió, de él me quejo; poned a Valdemaro en mi presencia y despejad la estancia».

Obedecieron todos sumisamente y al instante le presentaron a Valdemaro. Venía cubierto de mortal palidez, penetrado de una tristeza cruel, llena su alma de aflicción y enrasados en lágrimas los ojos. Apenas le vio Felisinda se le trabó la lengua y no pudo hablar palabra; sólo tuvo aliento para decir a Filena que cerrase la puerta de la sala y los dejase solos.

«¿Qué es lo que queréis, señora?, dijo Valdemaro puesto de rodillas y arrimada la cabeza al lecho de Felisinda. Yo soy la causa de vuestro mal».

«No os engañáis, le respondió Felisinda. Vos sois la causa de mi mal, es verdad; pero no me quejo de que lo seáis; quéjome de que no queráis darme remedio. Beso y adoro ciegamente el sangriento hierro que me hirió; aprecio infinito la herida si la roja sangre que tiñó el suelo sirve de ablandar vuestro corazón y mejorar mi suerte; pero si la herida, si la sangre... ¡Ay de mí! ¿Aún pensáis en partiros? ¿Pensáis aún en dejar a Felisinda, a Felisinda, que muere por amaros? ¡Oh, amarga ausencia! Valdemaro... ¡Infelice de mí! Si no os mueve mi llanto, si no os enternecen mis sollozos, muévaos a lo menos el pensar que vuestra partida me ha de dar la muerte. ¿Cómo ausente de vos podré llevar la amarga vida que medito? Volveré mis cansados ojos para mirar ese rostro amable que imprimió en vos el mismo Adonis y no veré más que una importuna sombra que doblará mis penas. Desde lo más profundo de mi triste soledad, llevada de mi amante desvarío, os llamaré por vuestro mismo nombre mil veces en el día y aun muchas más por la noche, pero no tendré más respuesta que el silencio o el eco amargo que renovará mis penas. El suave sueño ya no visitará mis tristes ojos, huirá el descanso de mi cuerpo y la dulce quietud no hallará paso para entrar en mi corazón. ¡Desdichada Felisinda, qué de rigores te amenazan! Y bien, ¿lo podréis consentir, amado Valdemaro? Valdemaro, por el amor que os tengo, por estas lágrimas que vierto, por lo que vos mismo sois os ruego que antes de partiros, si es que no basta mi llanto a deteneros, os ruego que con el mismo puñal que me hirió rasguéis mi pecho; no os detengáis, romped, abrid mil puertas para que salga el alma, pues no quiero tener una prenda que os es desagradable; no, no quiero ya un corazón que no es digno de vuestro amor».

Dijo, y sin esperar respuesta vuelve la cabeza a la parte contraria y da libre curso a las lágrimas y a los suspiros.

Nunca se halló Valdemaro tan perturbado como en esta ocasión, ni jamás le pareció Felisinda más hermosa ni más amable. El amoroso desmayo que se le advertía en el rostro, el, expresivo descaecimiento con que ponderaba sus penas y las afectuosas lágrimas que acompañaban sus palabras añadían un prodigioso lustre a su belleza y abrían nuevas heridas en el enamorado corazón de Valdemaro. No quiso malograr el halagüeño hijo de Venus ocasión tan oportuna. Al instante comenzó a dispararle algunas de aquellas flechas que se hacen irresistibles aun a los espíritus más fuertes, y hablándole al interior, le dice:

«¡Qué especie de crueldad es esta! ¿Así dejas morir a Felisinda entre las penas que la afligen, cuando tú solo eres la causa de ellas? ¿Cómo tan presto olvidas las máximas del encarecido Andrónico? Ni te dejas gobernar por la providencia ni abres las entrañas a los clamores de los afligidos, como tantas veces te aconsejó él mismo. Filena probó que la providencia te ha conducido a este paraje; Felisinda clama, suspira y llora por el remedio que tú solo puedes darle; pero tú, llevado de tus ambiciosos deseos, desprecias las órdenes de la providencia y atropellas las leyes de la compasión. Mira cómo insensiblemente te vas precisando tú mismo a ejecutar maldades no menos enormes que las que cometió tu hermano, por no hacer violencia a los asaltos furiosos de tu ambición.

Ni pienses que podrás disimularla con el especioso pretexto de la obligación de socorrer al oprimido pueblo ni a los desgraciados Andrónico y Ulrica-Leonor. Estos últimos no necesitan de ningún socorro, cuando han acabado ya el curso de sus cansadas vidas; y el pueblo, teniendo ya un rey que lo gobierna, en nada piensa menos que en sacudir un yugo que, lejos de serle pesado, considera ya suave.

¡Infeliz y engañado joven! El crédito que ligeramente diste a las necias predicciones de Alberto no te deja ver el abismo que se va abriendo para tu perdición. Apoyado sobre tan débiles cimientos pensabas que no faltarían guías seguras y manos hábiles para preservarte de todo lazo y conducirte sin tropiezo hasta la eminencia del trono, pero mira cuán bien lo acredita lo sucedido. Sin la asistencia de Andrónico, sin la compañía de tu hermana y sin más consejero que tu corazón ambicioso te ves reducido a la más infeliz situación; y cuando no quieras admitir la fortuna que te ofrece Felisinda, te verás obligado a obedecer a las perversas máximas de la Desesperación.

No, Valdemaro, no; busca tu seguridad en el dulce regazo de Felisinda; quédate a gozar las delicias que te ofrece este país agradable. ¿Por qué atropellas la providencia? ¿Por ceñir una corona que está enlazada de riesgos, cuidados, afanes y molestias? ¿Por empuñar un cetro cercado de espinas? No te engañes a ti mismo; otra corona más suave y otro cetro más dulce te ofrece Felisinda. Sin más cuidados que el de tu dulzura y tranquilidad, sin más desvelos que los que exige el gusto de Felisinda y tu gusto propio, sin más atención que la que piden las ternezas de dos amantes podrás formarte un círculo de vida en el que no haya nada de uniforme».

Esto sugirió el amor al afligido Valdemaro, y como si despertara entonces de un profundo sueño le dijo a Felisinda:

«Volved, señora, hacia mí vuestros amables ojos. ¿Acaso soy indigno de vuestro amor? ¿Cómo apartáis de mí la vista? ¿Queréis con vuestros desvíos añadir nuevos rigores a las penas que sufro? Suspended, señora, el llanto, reprimid vuestros suspiros. ¿Queréis encender más con ellos la amante llama que me devora? Mi amor no necesita de incentivos; vuestra hermosura y gentileza, vuestras virtudes... No más; baste deciros que os amo. ¿Os admiráis? Os amo; mal lo dije, os idolatro. Sólo siento, señora... ¡Cruel destino! Envidia tiene ya mi triste corazón a los que nacieron libres a los que, sin más cuidado que el de su propio interés, pueden dejar que corra sin límites su libertad. ¡Cuán feliz sería si hubiera yo nacido como ellos, cuán libremente os entregaría mi mano y mi corazón! En estas apacibles selvas..., en este suntuoso palacio... Pero, ¡vanos proyectos! Yo, sujeto a obligaciones; yo... El clamor del oprimido pueblo, señora, las injusticias del intruso rey, la infeliz situación de mi hermana, el desamparo de Andrónico... Señora, Valdemaro os adora, quisiera que el destino, pero...».

Sin poder proferir otra palabra deja a Felisinda vacilando entre temores y esperanzas y se retira a la estancia inmediata, impelido de un confuso tropel de cavilaciones. Hallábase su corazón lo mismo que un bajel combatido de contrarios vientos, que ya se hunde hasta la arena, ya se eleva sobre las nubes, ya se inclina hacia un lado, ya se dobla hacia el otro. No podía ni mantenerse firme en ninguno de cuantos medios elegía; los que aprobaba en un instante a breve rato los despreciaba, y los que le parecían útiles se le antojaban impracticables. En esta confusión quédase dormido, y al momento se le presenta una imagen toda celestial. Sobre una nube que llevaba copiados todos los colores de que se viste la diosa Iris baja un venerable y majestuoso personaje. La gravedad apacible de su anciano rostro, el brillante golpe de luz que despedían sus ojos, el olor suave que exhalaba su cuerpo y la inefable belleza de que estaba revestido dejaron embriagado el espíritu de Valdemaro y como embebido en su soberano éxtasis.

«No extraño que no me conozcas, le dijo. Tus ojos cubiertos de sombras no son capaces de percibir lo que es puramente celestial. Yo soy tu padre Heroldo, a quien tu necio hermano abrió, aunque con violencia, la puerta para entrar en la mansión eterna del descanso. La distancia infinita que media entre esta tierra infeliz y la patria dichosa en donde habito no me ha impedido ver ni su sacrílega ambición, ni los infortunios de Ulrica-Leonor, ni la tirana opresión del pueblo ni tus desgracias. Todo lo he visto, y todo lo he visto con ojos serenos porque en aquella mansión feliz no puede haber cosa que lleve mezcla de dolor. Si esto fuera posible lo hubiera yo tenido más de ver la ligereza de tu corazón y la poca confianza en la providencia suprema, que de todos tus desastres. Semejante a una ligera caña que se dobla a cualquier impulso, te has dejado arrebatar sin discernimiento; pues si aún no sabes dirigirte a ti mismo, ¿cómo gobernarás tu pueblo? Si tienes tan poca firmeza que te doblas a cualquier afecto, ¿cómo tendrás esfuerzo para sostener el peso de la monarquía? Y si no tienes valor para sufrir tus desventuras, ¿cómo llevarás después en tu seno las miserias de tus vasallos?

He aquí por qué el cielo te va dilatando la posesión de un trono que te pertenece de justicia. Tu brazo sobradamente débil no podrá mantener siempre recta la espada y tu floja mano no podrá sostener la balanza sin titubear. El cielo te ama, y quiere por lo mismo que, antes de colocarte en el trono, tengas prevenido un buen fondo de sabiduría y probidad para poder gobernar al pueblo según las leyes de la justicia; que reformes tu corazón para que puedan tus vasallos tener en él un modelo de virtud que imitar, y que arranques de raíz, o a lo menos que sujetes las pasiones que puedan perturbarte, para que no te engañes como hasta ahora en tus resoluciones.

¿De dónde ha venido creer tan fácilmente que la providencia te ha conducido a este país para que disfrutes los placeres que te ofrece Felisinda? ¿De dónde creer con tanta ligereza la fingida muerte de Andrónico y Ulrica-Leonor? ¿Te parece que el cielo puede faltar a sus promesas? ¿Cómo podría permitir que después de haber vencido tantos obstáculos te dejases ahora enredar de los amantes lazos de Felisinda? ¿Sufriría que Felisinda oscureciera la gloria que te has adquirido hasta ahora? ¿Permitiría que abandonases a tu pueblo, que gime bajo el yugo del pérfido hermano, para que te unieras con el de un pasajero amor a Felisinda? ¿Cómo podría permitirlo, cuando por decreto irrevocable está firmada la ruina de Cristerno y la elevación de Valdemaro? No, hijo mío, no; sacude el torpe letargo en que vives y oye las quejas y clamores de tus vasallos. No les cierres los oídos, acude a socorrerlos y a restituirles la felicidad que Cristerno les ha usurpado. Marcha luego sin dejarte ver de Felisinda, corre al vecino bosque, vence la aspereza del más elevado monte, dobla su cumbre y encamínate a Stralsund, cuyos muros descubrirás de lejos. Allí encontrarás a Andrónico y a Ulrica-Leonor, proseguiréis juntos vuestra navegación, se os ofrecerán nuevos trabajos, pero sus extremos los coronará después el gusto de verte en el trono para la felicidad de tu pueblo».

Esto dicho, despierta Valdemaro, y sin detenerse en averiguaciones ni reflexionar sobre las circunstancias del sueño parte ocultamente de palacio y pone en ejecución cuanto se le acaba de decir.

Felisinda, teniendo por sospechosa su tardanza, llama a las criadas y les manda que lo hagan venir a su presencia. Obedecen al instante, buscan por todas las estancias de palacio, recorren el jardín, vuelven a su señora y le dicen que Valdemaro no parece. No basta el dolor de la herida ni el descaecimiento de sus fuerzas para detenerla. Levántase mal arropada, busca por todo el palacio, y viendo que en ninguna parte halla vestigios de la prenda por que muere cae desmayada. Recóbrase a breve rato, abre flojamente sus tristes ojos, vuélvelos hacia todas partes, llama repetidas veces a su idolatrado Valdemaro, y no logrando más respuesta que el silencio atropella por entre los brazos que la detenían. Deja el palacio, y arrastrada de su ciega pasión se embreña en el triste bosque, corre acá y allá desatinadamente, no atiende a los clamores de sus criados que la seguían de lejos, llama por su propio nombre a Valdemaro; pero Valdemaro no responde. Rompe desesperada las vendas de la herida, rasga con furia sus vestidos, esparce por el aire los cabellos que arranca con ambas manos, sube con vacilantes pasos a la cumbre de un alto monte y se precipita temerariamente.

En tanto Valdemaro, siguiendo su destino, se iba acercando a Stralsund.

# Libro IX

No hubo cosa alguna que pudiese impedir el paso a Valdemaro en el viaje a Stralsund. Ni el sol le molestaba de día ni el frío le ofendía de noche. Los más ásperos senderos le parecían suaves, fáciles los montes más impracticables, el camino breve, el cansancio alivio. De esta suerte, o fuese por el desahogo con que respiraba viéndose libre de la tirana opresión en que lo tenían los amores de Felisinda, o por el vehemente deseo que tenía de verse con Andrónico y su hermana, o por disposición de la providencia llegó felizmente y en breve tiempo a la ciudad de Stralsund.

Al instante se encamina al puerto y llega justamente cuando acababan de desembarcar Andrónico y Ulrica-Leonor en compañía de Rosendo y Parimando, el capitán de la misma nave que había perdido. Publican los ojos el júbilo de tan feliz encuentro, y con repetidos abrazos declaran el regocijo que no podían expresar las lenguas.

Después de haber buscado habitación para los días que habían de detenerse en aquella ciudad, y después de haber dado todo desahogo a sus alegres afectos, se refirieron mutuamente sus aventuras. Andrónico contó el continuo sobresalto en que los tenía la tardanza de Valdemaro y de sus compañeros cuando se desviaron del navío, el nuevo tormento que comenzó a martirizarles cuando al amanecer se hallaron en otro horizonte sin que el viento les permitiera volver a la costa donde los habían dejado, el temor del precipicio de Valdemaro viéndole abandonado a sí propio sin ninguna mano hábil que pudiera desviarle de los peligros, y cómo finalmente, impelidos del viento, habían aportado en aquella ciudad sin saber el destino que les guiaba.

Consecutivamente refirió Valdemaro lo que le sucedió en las fiestas que se celebraron en la playa, el triunfo que había ganado en los dos combates, la pérdida de sus compañeros y cuanto le aconteció hasta llegar al palacio de Felisinda. Contó la tormenta de afectos en que tantas veces había peligrado su corazón, la capciosa astucia con que Filena le aseguraba la muerte de Andrónico y de Ulrica-Leonor, el volcán amante que en su pecho ardía por Felisinda, el riesgo de que la libró en el monte ahogando entre sus brazos al feroz bruto, la resolución de desposarse con ella, el funesto acaso de herirla con el mismo golpe con que quería darse a sí mismo la muerte, el alboroto de palacio y su prisión. No pasó por alto el mayor y más inminente riesgo en que se había visto cuando Felisinda, después de haberlo hecho desencarcelar, le habló desde el lecho, ni tampoco dejó de decir cómo se le habría entregado por esposo si no se lo hubiera estorbado la aparición de su padre Heroldo entre sueños. Finalmente contó su salida de palacio sin verse con Felisinda y el arribo a Stralsund.

«¡Ah, querido Andrónico!, exclamó inmediatamente. Nunca había yo experimentado los efectos que causa la ciega pasión de amor. Imaginaba que todo era dulzuras y placeres, pero he venido a conocer, bien a costa mía, que no es sino disgustos y amarguras. Al principio me parecía ir caminando por un espacioso llano guarnecido de flores y delicias, pero luego vi que me iba introduciendo por una estrecha senda sembrada de espinas; volví la vista hacia atrás y no vi camino para salir de ella; estaba ya cerrado el paso. Mi corazón se hallaba oprimido de angustias, mi alma no conocía las dulzuras de la tranquilidad, mis suspiros oscurecían el aire por dondequiera que iba y no podía poner el pie en parte alguna sin que la regasen mis lágrimas. La noche, que parece había de dar alivio a mis congojas, las aumentaba extraordinariamente; y por la mañana, cuando la aurora comenzaba a dar nuevo esplendor a la tierra con su vista, me hallaba nuevamente cubierto de tristeza y humedecido el lecho con mi llanto. ¡Qué turbación en lo interior! El entendimiento ya no tenía luz para conocer leyes, respetos ni obligaciones; Felisinda me dominaba. La valentía de sus palabras, la portentosa fuerza de sus expresiones, el dulce hechizo de sus lágrimas y el mágico atractivo de su belleza me arrastraban por donde querían, y me hubieran finalmente enredado en sus amantes lazos a no haberme abierto los ojos aquel sueño feliz.

Pero lo que me atormentaba sin ponderación más que todo esto era verme precisado a creer que la providencia me había conducido al país agradable de Felisinda para concluir mis días a su abrigo; y que, conforme a vuestras sabias máximas, debía yo rendir mi voluntad a la providencia, abandonando el cetro o, por decirlo mejor, no porfiando para empuñarlo, supuesto que el cielo no me lo había de permitir. Parangonaba estas razones de Filena con las predicciones de Alberto, y no hallando conexión no sabía qué partido tomar. Luego me acudía a la memoria la visión que tuve en la tenebrosa cueva de Piromanto; y la terrible muerte que había de arrebatar mi vida con la de mi hermana me cerraba el paso para salir de la sombra de Felisinda. ¿Qué medio había de elegir entonces? Todo, conforme a vuestra doctrina, lo consideraba como efecto de la providencia, y no pudiendo hallar modo de conciliar extremos tan opuestos me vi reducido a darme la muerte, que era la única puerta que encontraba para salir de tanta confusión.

Si la providencia, me decía a mí mismo, gobierna todas las cosas y todas las ordena siempre para nuestro bien, ¿cómo podría permitir que se opusiesen a mi felicidad tantos obstáculos como renacen a cada instante, tantas barreras que me disputan el paso, tantas dificultades insuperables a mis débiles fuerzas? ¿Hubiera permitido acaso ni el parricidio enorme que cometió Cristerno ni la infamia con que oscureció mi honor ni la desgraciada fuga que hice de palacio? ¿Permitiría después que Piromanto me amedrentara con tan horrorosos espectros hasta conducirme a la margen del precipicio, que los vientos, los mares, los elementos todos se opusieran a mi destino, que Felisinda preparase tantos lazos para prenderme y usase de todos los encantos de su hermosura y discreción para seducirme? ¿Permitiría, en fin, que mi mano empuñase tantas veces el funesto hierro para matarme? ¿Qué gloria puede resultarme de todas estas permisiones?».

«La misma, y aun sin comparación mayor, respondió prontamente Andrónico, que la que le resulta a un soldado cuando, rompiendo esforzadamente por entre las trincheras y parapetos de los contrarios, llega valeroso a fijar una bandera en lo más alto de sus muros. La misma que le resulta a un piloto cuando, sabiendo contrastar los furiosos embates de una borrasca, llega tranquilamente al puerto. La providencia de Dios, como ya tantas veces os he dicho, asiste en todas las cosas y todas las ordena para nuestra felicidad; pero, ¿pensareis que nos la querrá conceder sin probar antes nuestra paciencia con los repetidos golpes de los trabajos? ¿Nos querrá dar de balde, digámoslo así, una corona de infinito valor? No puede cogerse la rosa sin lastimarse la mano con las espinas, y para que podamos llegar a la posesión del día feliz se hace preciso que pasemos por la tenebrosa noche de trabajos y contradicciones.

Pero mirad en esto mismo cuánto brilla la divina providencia y cuán bien procura ordenarlo todo para nuestra felicidad. A medida de los trabajos nos da esfuerzo para sufrirlos, y a proporción de las tentaciones nos da también auxilios para vencerlas. ¿Hubierais podido salir de la triste cárcel en que os encerró vuestro hermano ni libraros de tantos peligros en que os habéis visto si la mano de la providencia no os hubiera socorrido? Dios ha permitido que os vierais muchas veces a pique de daros la muerte; pero, ¿qué secreta fuerza no habéis sentido siempre en lo interior que os detenía el bárbaro impulso? Y aun cuando en el palacio de Felisinda parece que el acero iba a romper irremediablemente el lazo de vuestra vida, permitió Dios que Felisinda recibiera la herida para que con un mismo golpe despertarais ambos del infeliz letargo en que vivíais. ¡Ah! Si Dios con su sabia providencia no empleara todos los acontecimientos de esta vida para nuestro bien, ¡cuántas veces nos hubiéramos sepultado en el abismo de nuestra perpetua ruina! Aun aquellos accidentes que parece no tienen conexión alguna con nuestra felicidad sirven las más veces para que la logremos más seguramente. El parricidio infame de Cristerno abrió a vuestro padre la entrada para la patria celestial que habría tal vez hallado cerrada si hubiera sido más larga su vida. La infamia que os atribuyó sirve para que os labréis una corona de gloria con el sufrimiento, y al mismo Cristerno sirve para hacerle conocer de cuántas maldades es capaz un hombre que se abandona al torrente impetuoso de sus pasiones».

Apenas acabó Andrónico de proferir estas palabras cuando Valdemaro, despué́s de haber estado suspenso un largo espacio, dijo:

«He aquí por qué el cielo no me permite ceñir la corona de Dinamarca. Me dejo arrebatar sobrado de la corriente de mis pasiones, no tengo firmeza bastante para contrastarla; y mi corazón, semejante a una ligera hoja que arrebata el viento, se deja llevar de cualquier accidente; menos que no se engendre un nuevo corazón en mi pecho, no seré capaz de empuñar el cetro. Si ahora cuando están lejos de mí los graves cuidados que cercan al trono, si ahora que no tengo que cargar sobre mis hombros el peso de las necesidades, inquietudes y quejas de los vasallos, si ahora que no tengo que dirigir a nadie más que a mí mismo me hallo las más veces sin acción y sin saber qué partido tomar, ¿qué será después, cuando me vea oprimido con el peso de la corona? Sin conocimiento del corazón humano, sin arte para evitar los riesgos de la precipitación, sin prudencia ni política bastante para mantener los intereses del estado, sin perspicacia para penetrar los secretos de los gabinetes, sin inteligencia para examinar los motivos que deben abrir una guerra, y finalmente sin más caudal que un corazón sujeto a mil pasiones, que unos ojos cubiertos de sombras y que un juicio corrompido, ¿cómo me atreveré a subir al trono sin que al primer movimiento no vacile y caiga en el precipicio?

En vano se me asegura que mi elevación al trono será la felicidad de mi pueblo; porque, ¿cómo podré hacer felices a los extraños cuando no puedo hacerme feliz a mí propio? Por conseguir esta dicha he padecido trabajos inmensos, he superado inmensas dificultades, pero de cada obstáculo que atropello se levantan infinitos más incontrastables. Todo se opone a mis designios y yo quiero atropellarlo todo; ¿qué resultas podrá tener esta ciega porfía sino la que logra el que se obstina en navegar contra la rápida corriente? ¡Ah!, no conozco en mí ninguna de tantas admirables cualidades como se requieren para empuñar el cetro; ¿cómo podré porfiar en empuñarlo cuando sé que todos los pasos que se dan hacia una dignidad que no se merece son otras tantas intrusiones escandalosas?

No, no quiero engañarme; experiencia bien costosa tengo en mi hermano Cristerno de lo que puede hacer un hombre que se deja llevar de su pasión dominante. ¿Deberé arriesgarme a mil necios desvaríos por seguir mis ideas ambiciosas? No, no quiero sacrificar mi quietud a mis deseos, que, por más disimulados que sean no dejarán de tener anexo algún resabio de ambición. Reine Cristerno enhorabuena, que Valdemaro no quiere ocupar un puesto en el que para mantenerse recto se necesita un fondo de virtudes que yo no tengo todavía. Volvamos, amado Andrónico, a la isla de Alberto o a la deliciosa vega de Gésner, que más aprecio la paz y sosiego que allí se goza que toda la opulencia y fausto de la corona».

Ninguno pudo dejar de admirarse de este nuevo modo de pensar en Valdemaro, y tanto más se admiraron cuanto le habían visto antes tan inexorable contra Cristerno y tan empeñado en destronarlo; pero Andrónico, queriendo que Valdemaro fundase sobre las mismas razones que acababa de decir todo el edificio de su seguridad, le dijo:

«Nunca, mi querido Valdemaro, me habéis parecido más digno del cetro que cuando más lo estáis despreciando. Esas mismas reflexiones que sabiamente hacéis me obligan a creer que conocéis harto bien los riesgos de que está enlazada la corona, y consiguientemente que sabréis evitarlos con destreza. Cualquiera que sabe prevenir los peligros sabe también apercibirse para no tenerlos; y el que conoce los precipicios de un camino sabrá mejor que otro alguno cautelarse para no caer en ellos.

Sé muy bien que los afanes, fatigas, manejos, instancias y las importunidades con que se solicita una dignidad son pruebas incontestables del poco mérito del que las practica; y por el contrario, la resistencia a los ruegos y a las instancias y la negación a las persuasiones y solicitudes son argumentos del mérito que le acompaña. Mas no por esto debéis tener por intrusiones sacrílegas, como decís, los pasos que habéis dado para llegar al trono, porque nadie podrá culpar de delincuentes vuestros deseos, cuando se dirigen a lo que justamente podéis aceptar. Cuando no os perteneciera de justicia el trono de Dinamarca, podríamos decir que son culpables los deseos, reprensibles las solicitudes y temerarias las diligencias que habéis practicado hasta ahora; pero, ¿qué cosa podéis desear con más equidad que un cetro que se os debe de justicia, que una corona que os han arrebatado sacrílegamente, que un trono que os han usurpado con tanta violencia?

No, amado Valdemaro, no; vos debéis proseguir animosamente vuestro viaje y atropellar cuantas dificultades se os opongan hasta veros en la eminencia del trono. Esperad en el poder del Señor y no le provoquéis ya más con vuestras antiguas desconfianzas. Estad perfectamente persuadido de que el espíritu de Dios, que no puede engañarnos, nos conduce por la mano, nos libra de los precipicios a que quieren arrastrarnos nuestras pasiones, nos levanta del suelo cuando estamos más decaídos y nos da esfuerzo para vencer las dificultades que se nos oponen. Y cuando vos mismo estáis experimentando estas incontestables verdades, ¿podréis dudar que la providencia os preservará de todo lazo hasta que lleguéis a la consecución del justo fin a que aspiráis?».

«Pero cuando el cielo me ponga el cetro en las manos y la corona en la cabeza, ¿qué haré?, preguntó Valdemaro. ¿Sabré acaso precaverme contra los hombres que tienen tantos modos de disfrazar su ambición? ¿Cómo sabré desviar del trono a los perversos y buscar a los sinceros y justos, cuando cada uno procura encubrir sus delitos con aparentes virtudes? ¿Cómo sabré correr el velo de la hipocresía con que ocultan sus artificios? Un corazón corrompido y lleno de hediondez sabe vestirse de inocencia para granjearse la benevolencia de los poderosos; un alma que exhala el hedor de los vicios que la infestan sabe respirar los olores más suaves de la virtud, y un hombre vil y despreciable sabe aparecer edificativo y lleno de piedad. ¿Qué sagacidad no es menester para penetrar tantos artificios?

Si tuviera la fortuna de rodear mi trono de hombres sinceros y fieles no temería inclinar mi cabeza para recibir la corona, pero, ¿cómo pueden quedar hombres de bien en Dinamarca cuando Cristerno parece que formó el empeño de exterminarlos? En toda Dinamarca no quedará huella de virtud; la verdad habrá desertado de sus términos, la piedad se habrá retirado a los montes y sólo se verán entronizados el error y el vicio. Esta consideración me acobarda demasiadamente y me hace mirar con pavor un cetro cuyos hechizos me arrebataban en otro tiempo».

«Así como nunca suele ser tan impetuosa la furia de un torrente, respondió Andrónico, que en una o en otra orilla no perdone alguna reliquia para que levante la cabeza en medio de la ruina, así tampoco suele ser tan general la relajación que no se encuentren algunos hombres de probidad y de virtud. Por más dominante que se halle la depravación, por más que la relajación extienda su brazo corrupto, siempre hay algunos retiros que esconden hombres justos y que no han inmolado su entendimiento al error. No penséis, pues, que en Dinamarca falten personajes que puedan servir de columnas firmes para sostener el trono; y aun cuando estos faltaren, veríais siempre triunfantes la verdad y las leyes que no pueden padecer corrupción, y que son los únicos apoyos sobre que debe estribar el buen régimen de la monarquía».

No quiso Valdemaro replicar a Andrónico porque en el discurso de su vida había aprendido, bien a costa suya, cuánto arriesga cualquiera que se resiste a los consejos de un sabio por seguir las máximas de un capricho; y sometiéndose a las disposiciones de Andrónico y a los designios de la providencia variaron la conversación y comenzaron a tratar sobre la continuación de su viaje.

No estuvieron ociosas en este tiempo las furias infernales. La Desesperación, viendo malogrados los designios de Plutón, bate impaciente sus negras alas, atraviesa las lóbregas estancias del abismo, entra en el oscuro retrete donde se esconden las demás furias y les ruega que la acompañen a la presencia de su rey. Gustosas acuden a socorrerla, y vistiéndose de sus furores dejan el tenebroso albergue y se presentan ante el terrible solio.

«¿Es posible, oh poderoso rey, le dice la Desesperación, que jamás haya de venir a veros sino para llorar agravios y presentaros quejas? Valdemaro burló los encantos de Felisinda, ha triunfado de ella haciéndola morir desastradamente y ahora corre sin embarazo a colocarse sobre el trono de Dinamarca. Ya lo sabéis, no tengo necesidad de repetíroslo. Si es razón que triunfe de vos y que haga burla de vuestro poder, vos lo debéis contemplar; que a mí, desdichada, no me queda otro recurso que el de mi tormento. Sin embargo, si vuestra voluntad quiere por un breve tiempo sujetarse a la mía, os prometo y juro por vuestra amada Proserpina que dentro del término de dos días el Miedo, la Temeridad y yo pondremos a vuestros pies a Valdemaro, a Andrónico, a Ulrica-Leonor y a cuantos intentaren atropellar vuestro honor, vuestro respeto y vuestras fuerzas».

«No es justo que os niegue petición tan razonable y en la que tanto interesa mi honor, respondió Plutón. Os doy mis facultades para que de la tierra y del abismo elijáis cuantos instrumentos os parezcan a propósito para lograr feliz éxito en vuestra empresa. Eolo mandará a vuestro arbitrio el inmenso número de vientos que tiene bajo su jurisdicción; Neptuno mi hermano hará ensoberbecer las ondas de los mares; y yo, ¿qué podré negaros cuando se trata de mis intereses?».

Apenas dijo cuándo, con la misma velocidad que se disparan de la nube los rayos para causar estragos hacia las cuatro partes del horizonte, partieron del abismo las tres furias. El Miedo vuela a Stralsund, corre al puerto, entra en la nave y aguarda oportunidad para introducirse en los corazones de Andrónico y Ulrica-Leonor. La Desesperación y la Temeridad, después de haber prevenido a Eolo y a Neptuno para que conspirasen con sus fuerzas al logro de sus proyectos, se paran atentas junto al palo mayor de la nave para insinuarse en Valdemaro cuando les parezca conveniente.

No bien se hicieron a la vela con el designio de arribar a Suecia y tomar las provisiones necesarias para arrojarse sobre Cristerno y destronarlo, cuando los desapiadados Eolo y Neptuno dieron libertad a los vientos y a los mares para que ejerciesen sus furores al arbitrio de la Desesperación.

Al instante retira el sol sus luces, el cielo se cubre de nubes, los rayos cruzan con violencia por la atmósfera, los truenos infunden horror hasta en las rocas, las ondas se enfurecen y la triste nave se deja arrebatar por todas partes como si fuera forjada de ligero corcho. Rechinan las maromas, crujen las tablas, rásganse las velas, las jarcias se destrozan, rómpense los cables y se estremece violentamente toda aquella voluble máquina. Pierde el tino el piloto, descaece el capitán, desmayan los marineros y el Miedo, que nunca había tenido entrada en el ánimo de Andrónico, se le apodera ahora y lo deja acobardado a un lado de la nave junto a Ulrica-Leonor, que temblando y palpitándole el corazón en el pecho estaba para dar el último aliento. La Desesperación y la Temeridad se introducen en el corazón de Valdemaro, hácenle creer que su ánimo es superior a los peligros que le cercan y que la desenfrenada tormenta que a todos intimida no debe acobardarle. Esforzado con este nuevo engaño corre temerariamente de una parte a otra de la nave, da y ejerce a un mismo tiempo las órdenes que ni podían ejercer ni sabían dar los otros y procura infundir valor en los acobardados; pero, pensando encontrar con sus temerarias faenas la vida para todos, no halló sino la ruina para sí mismo. Una furiosa ola le arranca de la nave y le sepulta en las aguas.

Con la misma velocidad que la cariñosa madre corre a sostener al hijo tierno que ve caer en algún precipicio, así Ulrica-Leonor corrió hacia el borde de la nave cuando vio caer en el mar a su desgraciado hermano. Andrónico y los circunstantes, a pesar del Miedo que les ocupaba, corren tras Ulrica-Leonor, pensando que iba también a precipitarse, cógenla por las faldas del vestido, cae de golpe sobre la cubierta y queda desmayada. Rosendo se arroja intrépido a la mar, lucha con las embravecidas ondas, se fatiga por salvar a Valdemaro pero, cansado en vano, se recoge otra vez a la nave. Cruza entonces Andrónico las manos sobre el pecho, clava sus tristes ojos en el cielo y dice:

«¿Es posible lo que veo, Dios mío? ¿Podéis por ventura faltar a vuestras promesas...?».

Sin poder proferir otra palabra baja otra vez la cabeza y comienza a bañar con sus lágrimas el rostro de la desmayada Ulrica-Leonor.

El capitán y los más principales de la nave no se hallaban menos angustiados que Andrónico. El afecto que dulcemente les habían robado las amables prendas de Valdemaro y las no menos recomendables de su hermana les hacían sentir sobre toda ponderación la desgracia del uno y la aflicción de la otra. Todos mezclaban sus lágrimas con las del dolorido Andrónico, y transportados en tan cruel congoja parece que habían olvidado los peligros de la borrasca.

«Esta es la única y desgraciada reliquia que nos queda del grande Heroldo, decía Andrónico, teniendo a Ulrica-Leonor en sus brazos. ¡Heroldo amable! ¡Y bien podéis mirar desde esa mansión feliz donde habitáis, bien podéis mirar sin enterneceros la desgraciada muerte de vuestro hijo Valdemaro, la grave angustia de esta hija vuestra que tengo recogida en mis ancianos brazos y la aflicción acerba que me oprime! ¡Y cómo no besan mil veces vuestros puros labios la peana del trono del Omnipotente, para implorar...! ¡Valdemaro infeliz, desgraciado Valdemaro...! Mas, ¿cómo el cielo no ha exterminado ya al infame Cristerno, causa de tantos desastres?

¡Dios mío! ¿Vive aún Cristerno y Valdemaro ya no existe? ¿Cristerno, el pérfido Cristerno...? Mas, ¿a dónde me arrebata el exceso de mi pasión? Señor, en vuestra presencia derramo mi alma: no se esconde a vuestros ojos la enorme angustia que me aflige... ¡Ah, si yo pudiera trasladar mi vida al cuerpo yerto de Valdemaro! Valdemaro sería útil al pueblo, cuando yo no puedo servir más que de embarazo. ¿Cómo no trocáis, Señor, las suertes? Valdemaro, hijo mío, hijo mío Valdemaro... ¡Ay de mí! ¿Cuán a poca costa... mi muerte sola...? Pero, Señor, vos sois incomprensible en vuestros juicios; yo los adoro sumisamente... Vos no podéis faltar a vuestras promesas».

De esta suerte procuraba dar Andrónico algún desahogo a su oprimido corazón; y el capitán, viendo que calmaba la borrasca, mandó que colocasen a Ulrica-Leonor en un lecho para que con menos incomodidad pudieran aplicarle remedios para restablecerla. Hiciéronlo en efecto y los marineros comenzaron a poner en orden lo que había desbaratado la borrasca.

Estando en estas faenas vieron venir un poderosísimo navío con todas las velas tendidas, y habiendo llegado a distancia proporcionada derribó las velas de repente, hizo señal para pedir atención, y levantando la voz dijo el capitán:

«Oh vos, cualquiera que seáis, comandante de ese navío, si acaso tenéis en vuestro poder o sabéis en dónde habitan dos personajes tan decantados por sus desgracias como ilustres por su linaje, llamado el uno Valdemaro y el otro Ulrica-Leonor, decídmelo o entregádmelos de buen grado, porque si no será preciso hacéroslos entregar por fuerza».

Quedó extraordinariamente sorprendido Parimando al oír la arrogante demanda del extranjero. Pensó inmediatamente que sería algún enviado de Cristerno para prender a sus dos hermanos, como varias veces había oído decir; y no queriendo errar en la respuesta mandó avisar a Andrónico, que estaba en la guarda de Ulrica-Leonor. Salió al instante y después de haber cumplimentado al capitán extranjero le dijo:

«Señor, si queréis hacernos el honor de pasaros a este ya desde ahora vuestro navío, nosotros os lo agradeceremos como es justo y vos podréis darnos señas más individuales de esos personajes que buscáis; quizá os daremos noticia de su paradero».

«Admito vuestros corteses ofrecimientos, respondió el capitán extranjero, y quiera el cielo que podáis hacerme nuncio de felices nuevas».

Pasó el recién llegado capitán al navío de Parimando, y habiéndose formado asamblea de los más principales caballeros de ambos navíos dijo:

«El abominable Cristerno, ese hijo desnaturalizado que hizo víctima de su ambición a su padre Heroldo, que manchó la inocencia de su hermano Valdemaro con el negro atentado del parricidio y le usurpó con sacrílega violencia el trono que el cielo le tenía destinado, murió desastradamente a sus mismas manos; él mismo se atravesó el infame pecho con su espada».

No fue poderoso Andrónico para reprimir las lágrimas ni pudo dejar de esparcir por el aire los suspiros que no era capaz de sofocar en el pecho. Arrebatado de un impulso irresistible deja el asiento, levanta hacia el cielo su anciana cabeza, dirige acá y allá sus trémulos brazos y exclama:

«¡Justos cielos, que angustia es esta! ¿Es posible lo que oigo y es posible que Valdemaro sea muerto?».

«¡Qué! ¿Es muerto Valdemaro?», preguntó sobresaltado el capitán extranjero.

«Valdemaro es muerto», respondió Andrónico.

«¡Infeliz Dinamarca!, exclamó el extranjero. ¡Tanto tiempo hace que eres teatro de tragedias y desgracias! Lloraste inconsolable la muerte violenta de tu insigne Heroldo, gemiste después oprimida bajo el tirano yugo de Cristerno, y cuando comenzabas a respirar libre de tan injusta opresión, cuando comenzabas a recobrar la antigua alegría con la esperanza de ver ocupado tu trono por Valdemaro, el digno hijo de Heroldo, la muerte, la cruda muerte... Pero, ¿para qué queremos ya nuestras vidas, oh miserables dinamarqueses, prorrumpió con nuevo ímpetu volviéndose hacia los suyos; ¿para qué queremos nuestras vidas? Muramos, muramos todos a una: yo soy el primero que envainaré la noble espada en mi pecho...».

«Si con nuestras vidas, dijo Andrónico asiéndole por el brazo, pudiéramos recobrar la de Valdemaro, ya hubiera ofrecido yo la mía al duro hierro; pero nosotros, en vez de obligar al cielo con nuestras súplicas, no hacemos más que irritarle con nuestras desordenadas resoluciones. No sentiréis vos tanto como yo la desgracia de Valdemaro, no; el capitán Lobdrock no compadecerá tanto la muerte de Valdemaro como la compadece el desterrado Andrónico».

«¿Qué oigo?, preguntó Lobdrock. ¡Andrónico! ¿Vos sois Andrónico, aquel sabio ministro a quien tanto tiempo llora Dinamarca? Permitid que os estreche entre mis brazos... ¡Oh, qué feliz hallazgo, qué alegría, si no la acibarara la muerte de Valdemaro! Y si es muerta su hermana Ulrica-Leonor...».

«No es muerta, respondió Andrónico bañado en lágrimas; pero está casi sin vida en esta misma nave; todavía no la hemos podido restablecer del mortal desmayo que le causó la muerte de su hermano...

Pero, ¿cómo es posible que falte el cielo a sus promesas?, prosiguió con nueva fuerza. ¡Cuántas veces nos ha asegurado que Cristerno caería del trono que ocupaba con ignominia y que Valdemaro entraría a poseerlo! ¡Alberto...! ¡Con cuánta puntualidad hemos visto verificado lo que me vaticinó aquel inmortal anciano! ¿No se ha cumplido ya la ruina de Cristerno? Pues, ¿cómo deja ahora de cumplirse lo que más interesaba a nuestro sosiego y a la felicidad de Dinamarca? ¿Es posible que en esto solo se engañe Alberto y nos falte el cielo? No es posible. Yo lo estoy viendo y no me atrevo a creerlo; el cielo es infalible».

Apenas dijo, cuando los del navío dinamarqués, llamando a su capitán, salieron diciendo a voces:

«Señor, los remedios que mandasteis aplicar a ese mancebo que poco ha recogimos han sido muy de provecho, pues ya comienza a dar señales de vida».

Así como, después de una desenfrenada borrasca que todo lo ha puesto en desorden, comienzan los apacibles céfiros a serenarlo todo con sus dulces soplos, quedando las vecinas riberas en una suspensión alegre, del mismo modo quedó el agitado corazón de Andrónico cuando acabó de oír las nuevas de los marineros. Sin más motivo que la confianza que siempre tenía fija en las promesas del cielo sintió renacer en su alma una alegría rara vez experimentada, que le prometía felices sucesos aun en medio de tantos desastres.

«¡Gran Dios!, exclamó. ¡Si será Valdemaro!».

«¿Qué, se anegó Valdemaro?», preguntó Lobdrock.

«Una inclemente ola, respondió Andrónico, le arrebató desde el borde del navío poco antes de ahora... ¿Qué alegres esperanzas siento renacer en mi alma, qué dulce inquietud es esta, corazón mío? Acudamos pronto, Lobdrock; desvanezcamos nuestros temores, veamos qué mancebo es ése... ¡Ah, Dios mío, haced que en este día brille más que nunca vuestra inescrutable providencia!».

Inmediatamente pasaron al otro navío Andrónico, Parimando, Lobdrock y otros principales. Andrónico, regando con sus lágrimas la encanecida barba y fijando tal vez los ojos en el cielo con la más viva expresión, iba infundiendo nuevas esperanzas en sus compañeros, y apenas pusieron los pies en el navío vieron tendido boca abajo sobre un lecho a un mancebo que apenas podía respirar. Míranlo atentamente Andrónico y Parimando, y como si un mismo espíritu les moviera los labios exclamaron:

«¡Eterno Dios, cuán infalibles son vuestras promesas!».

Y diciendo esto se abraza Andrónico con el mancebo, báñale el rostro con sus alegres lágrimas, llámale repetidas veces con el dulce nombre de hijo, y tanto le estrecha entre sus brazos que parece quería infundirle el mismo espíritu que le animaba.

«Valdemaro, hijo mío, le dice, hijo mío Valdemaro, ¿es posible que os vuelvo a recobrar, que os aprieto contra mi anciano pecho...? Dinamarqueses, este es vuestro rey».

Como cuando una madre viuda y desconsolada recobra de improviso al hijo único que la cruel fortuna le había arrebatado en la flor de su edad, dulcemente enajenada no sabe cómo expresar el contento que la inunda, del mismo modo, transportada la tripulación no sabe cómo manifestar el golpe de alegría que sintió viendo en el navío al mismo Valdemaro que poco antes lloraba sin consuelo. Unos arrojan al viento los sombreros, otros disparan la artillería, estos se encaraman por los palos a coronarlos de grímpolas y gallardetes, otros se zambullen en el agua para desahogar su alegría y todos por diferentes maneras procuran manifestar el contento que les cabe.

Tan alegre estrépito acabó de infundir en el corazón de Valdemaro los espíritus que había perdido. Comienza a mover los brazos, abre los ojos, mira como extático a los circunstantes y dice:

«¡Qué es lo que veo! ¿Vivo yo aún? ¿Qué nuevos semblantes son estos? Parimando.... Andrónico... Pero, ¿y mi hermana, qué se ha hecho mi hermana, vive?».

«Sí, dulce hijo mío, vive vuestra hermana, respondió Andrónico. ¿Por ventura podía faltar el cielo a sus promesas? No era posible. Volved vuestros amables ojos hacia todas partes y os veréis rodeado de vuestros fieles vasallos los venturosos dinamarqueses, que han venido solícitos a buscaros, viéndose libres del insufrible yugo de vuestro hermano, que miserablemente se dio la muerte».

«¡Qué escucho! ¿Cristerno es muerto?, preguntó Valdemaro. Sostenedme, amado Andrónico, apoyadme sobre vuestros brazos... No es tan feliz esa nueva como imagináis. ¡Infeliz hermano! Digno eres por cierto de muerte tan desastrada, pero yo te compadezco. ¿Puedo dejar de sentir tu desgracia? No, no se ha extinguido todavía la dulce llama que la naturaleza enciende en los corazones de dos hermanos. Cristerno, desgraciado Cristerno... ¡Oh gran Dios, cuán miserable es el hombre cuando le abandonáis a la ceguedad de sus pasiones! ¡Qué días de horror y de tinieblas...! Lamentad su desgracia, dinamarqueses, sentid que Cristerno se hubiese hecho digno de muerte tan desastrada».

Dicho esto, se reclina otra vez sobre el lecho y da libre curso a sus lágrimas; pero acordándose al instante de su hermana, se levanta de improviso, y deseoso de ver la situación en que se hallaba ordena pasar al navío de Parimando. Hállala desmayada todavía, tómala en sus brazos, báñale el desfallecido rostro con sus lágrimas, y se restablece. Abre los ojos, y viéndose en los brazos de su hermano dice como quien acaba de despertar de un profundo sueño:

«¡Ay de mí, qué violencia! ¿Estoy despierta ya? ¡Qué sueños tan funestos! Ahora poco hace, oh hermano, apenas me rendí al sueño, vi levantada una tan furiosa tormenta que ni podían maniobrar los marineros ni les quedaba esperanza de salvarse. Embraveciose por instantes, y subiendo las enfurecidas olas hasta la cubierta del navío se os llevaron tras sí a sus abismos. Quíseme arrojar también para morir en vuestra compañía, no lo consintieron estos caballeros y me quedé oprimida de dolor tan vehemente que aún ahora parece que lo estoy sufriendo en el alma; y me hubiera quitado la vida a no despertar tan pronto y ver que ha sido ilusión».

Esta sencilla relación de Ulrica-Leonor hizo correr lágrimas de alegría por los rostros de los circunstantes, viendo que tenía por ilusión lo que había sido realidad.

Después de esto la informó Andrónico de todo lo sucedido en Dinamarca y le hizo saber cómo el capitán Lobdrock había llegado poco antes con la noticia, juntamente con la comisión para buscar a Valdemaro y conducirlo a Dinamarca, que ansiosa lo esperaba para ceñirle la corona. Pero queriendo Valdemaro saber los motivos de la funesta muerte de su hermano, rogó a Lobdrock que los refiriese con puntualidad, como lo hizo inmediatamente en esta forma:

«Ya sabéis cómo, colocado Cristerno en el trono que usurpó con escandalosa violencia, comenzó a trastornar el buen orden que había en Dinamarca. Viéronse abatidos los hombres de probidad, ensalzados los infames aduladores, repartidos todos los cargos entre la gente de corrompidas costumbres, tratados con ignominia los personajes más celosos del reino; en una palabra, se vieron desterrados los Andrónicos, los Hiarnes, y puestos en fuga los Gesneros, los Halleres y demás ministros que sostenían con rectitud la corona sobre la cabeza del grande Heroldo.

¿Qué felicidades podía prometerse el pueblo de un rey tiránicamente intruso, que no sabía extender la mano sino para oprimir? Todos aparecían temblando en su presencia porque, en vez de aquella majestad agradable que deben respirar los soberanos, se veían estampados sobre su frente el ceño y la fiereza; ni aun aquellos que lograban su privanza tuvieron jamás la fortuna de verle sin sobrecejo.

La religión y la política, que inspiran benignidad para perdonar flaquezas, celo para reprimir escándalos y una sabia sagacidad para establecer un trono más importante sobre los corazones de los vasallos, fueron desterradas de palacio. El espíritu de justicia y de verdad, que es la brújula de los soberanos, huyó lejos del trono, y lo abandonaron la prudencia, la equidad, la dulzura y demás gracias que constituyen un príncipe agradable a Dios y a los hombres.

¿Cómo podría sufrir Dinamarca tan abominable rey cuando acababa de perder el amable Heroldo? Dinamarca, que esperaba ver reemplazado por Valdemaro el trono que iba a desocupar sosegadamente su anciano padre, ¿cómo podría sufrir el tirano yugo de Cristerno? Dinamarca comenzó a pensar seriamente sobre su esclavitud, y observó a breve tiempo que podía sacudirla sin dificultad, porque aquellos ministros aduladores que él mismo había elegido se quejaban ya de su infelice suerte. Enormemente oprimidos bajo el terror que les infundía una cabeza feroz, estaban resueltos a fomentar cualquiera empresa facciosa que pudiera conspirar a su ruina.

No tardó mucho a herir los oídos del rey el infausto eco de este sordo rumor, ni tardaron a atormentarle con más crueldad los remordimientos de su conciencia. Aun más que el bien fundado recelo de alguna sublevación le atemorizaban su padre muerto y su hermano infamado. En vano doblaba las guardias, en vano exterminaba a los que más temía, porque cuanto más excesos cometía su ferocidad tanto mayores eran los remordimientos que le despedazaban. Las guardias podían tal vez librarle de alguna tropelía del feroz vulgo, mas no calmar sus temores ni desvanecer las horribles visiones que le espantaban. O fuese efecto de su dañada fantasía o fuese realidad, se dice que veía repetidas veces en el cielo sobre su mismo palacio un horrible cometa con la figura de una espada, y que al mismo tiempo oía espantosas voces en el aire que le amenazaban con su ruina. Lo cierto es que el infeliz Cristerno, antes que experimentase ninguna rebeldía en sus vasallos, se pasó el infame pecho con su espada y lanzó su abominable alma envuelta en la sangre que le salía por la herida.

Los dinamarqueses, viéndose libres de tan tirana opresión, comenzaron a respirar con desahogo, y sin pensar más que en la feliz quietud que iban a recobrar salen ansiosos en busca de Valdemaro y de su hermana. Cada uno va por su parte, deseoso de ser el feliz descubridor, y pues yo he tenido la fortuna de serlo justo es que de nuevo lo publique».

Dijo, y haciendo la señal comenzaron otra vez los marineros a disparar la artillería y hacer otras demostraciones del contento que les inundaba. Luego se hicieron a la vela ambos navíos y en breve llegaron a Copenhague, donde fue recibido Valdemaro con general aplauso y coronado después entre el alborozo y aclamaciones de toda Dinamarca.

# Libros Mablaz

Narrativa — Relatos

/www.librosmablaz.com/